El ángel perdido

Javier Sierra Albert

失われた天使 上

ハビエル・シエラ［著］

八重樫克彦・八重樫由貴子［訳］

ナチュラルスピリット

失われた天使

上巻

ハビエル・シエラ

El ángel perdido
Javier Sierra Albert

わが守護天使
エバ、マルティン、ソフィアに捧げる。

神の子らは人の娘たちの美しいのを見て、
自分の好む者を妻にめとった。
そこで主は言われた。
「わたしの霊はいつまでも人のうちにはとどまらない。
人は肉であり、その年は１２０年にすぎないからだ」

「創世記」 6章2-3節

理解できない者は黙るか、もしくは学びたまえ。

ジョン・ディー（１５２７-１６０８）

登 場 人 物

フリア・アルバレス …………………… バリエ財団の学芸員・文化財修復士
マーティン・フェイバー …………… フリアの夫・気候学者
ベニグノ・フォルネス ……………… サンティアゴ・デ・コンポステーラ大聖堂の主任司祭
アントニオ・フィゲーラス ………… サンティアゴ市警の警部
マルセロ・ムニス …………………… 宝石商・フィゲーラスの友人
アルテミ・ドゥジョク ……………… アルメニア人実業家・シェイク（尊師）
ワースフィ
ハツィ
ヤノス
} ………………………… ドゥジョクの手下
シェイラ・グラハム ………………… マーティンのおば
ダニエル・ナイト …………………… シェイラのパートナー・天文学者
ウィリアム（ビル）・フェイバー …… マーティンの父親
ロジャー・キャッスル ……………… アメリカ合衆国大統領
エレン・ワトソン
トム・ジェンキンス
} …………… 大統領補佐官
マイケル・オーウェン ……………… アメリカ国家安全保障局（NSA）長官
ニコラス（ニック）・アレン ………… 同局諜報員・陸軍大佐
リチャード（リック）・ホール ……… スペイン・マドリードの米国大使館つき諜報担当官
エドガー・スコット ………………… アメリカ国家偵察局（NRO）局長
アンドリュー・ボリンジャー ……… 超大型干渉電波望遠鏡群（VLA）所長、天文学者・キャッスルの友人

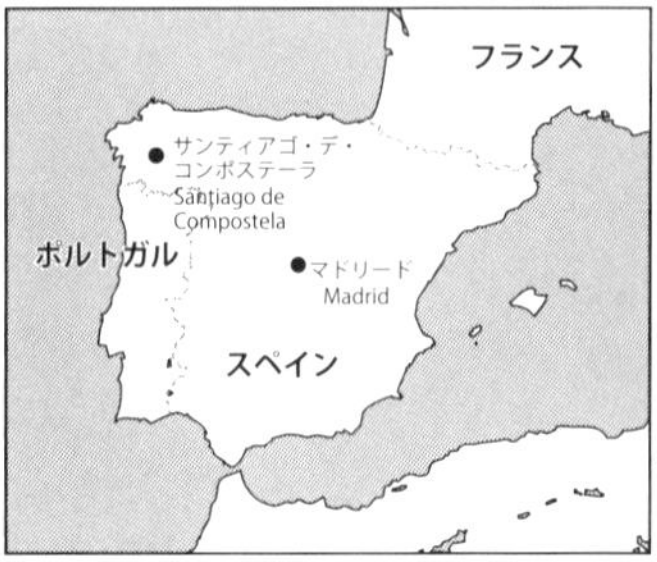

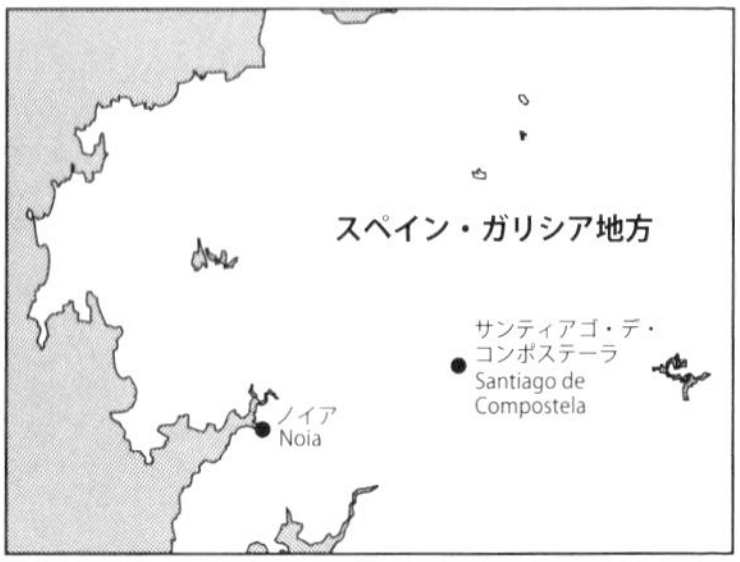

この作品はフィクションであり、実在の人物、団体、事件等とは一切関係ありません。

12時間前
アメリカ国家安全保障局（NSA）本部

電動ブラインドがかすかな音を立てながら下りていき、暗くなる室内に呼応するかのように、巨大な液晶ディスプレイが輝きを増す。非の打ちどころのない服装をした男が、マホガニー製の執務机の向こうにいるマイケル・オーウェンの説明を聞こうと待っている。なぜ自分が大至急ニューヨークから飛んでこなければならなかったのか。

「ミスター・アレン」巨漢の黒人長官は咳払いをすると、鋭い視線を投げかけた。「急に呼び出してすまなかった」

「とんでもございません、長官」

陸軍大佐ニコラス（ニック）・L・アレンはベテラン諜報員だ。ワシントンD.C.界隈を縦横無尽に動き回り、メリーランド州フォート・ミードにあるこの執務室を訪れたことも片手の指の本数を下らない。オーウェン長官直々《じきじき》の呼び出し。よほどの事態と予想される。しかもかなり深刻なものだろう。何はともあれ、馳せ参じるのは基本中の基本だ。

「実はな、大佐」厳しい目つきで部下を見つめ、オーウェンは続けた。「6時間前、トルコ・アンカラの米国大使館から動画が送られてきた。再生するので隅々まで確かめてくれんか。その後に意見を聞かせてほしい。いいかね？」

「承知いたしました」

上官の命令には一切口を挟まない。ニック・アレンはそのように訓練されていた。身長185センチの強靭な肉体、古傷が刻まれた角ばった顔、無限の優しさから非情な怒りまでを、変幻自在に映す青い瞳。どこから見ても完璧な軍人だ。肘掛け椅子に腰を下ろすと、背もたれに身を預け、ディスプレイからテスト信号のカラーバーが消えるのを待っている。

映し出された光景に彼は息を呑んだ。塗装が剥げ、染みだらけの壁に囲まれた小部屋に座らされているひとりの男性。両手を縛られ、覆面を被せられ、連邦刑務所の囚人服のような、オレンジ色のつなぎを着せられている。だが周囲をうろつく者たちは、米国人とは思われなかった。アレンは識別する。すっぽりと顔を覆う黒い目出し帽を被り、長衣をまとった男がふたり、ないし3人。〝トルコとイラン〟――頭の中で目算する――〝あるいはイラク……〟。背後の壁の一部に落書きを認める。クルド語だ。音声でも察しがつく。家庭用ビデオカメラか携帯電話で撮影されたものらしいが、それなりに質はよく、話し声で誘拐犯らの出身地を特定できた。

〝おそらくアルメニアとの国境沿いだ〟。男たちは各自アサルトライフルＡＫ‐47を肩にかけ、その地方独特の大きな曲刀を腰に帯びている。撮影している男がリーダー格であっても、人質に対して訛りのきつい英語で話しかけていても、さほど驚きはしない。それはかつてトルコ東部で散々耳にしたものだった。

〈よろしい。では必要なことを言ってもらおうか〉命じる声が聞こえた。

屈強な手が首に伸びてくるのを感じたのか、動揺を見せる男性。男たちは人質の覆面を引き剝がすと、無造作に髪をつかみ、顔をカメラの方へと向けさせた。

〈さあ、言うんだ！〉

画面の中の男性はためらう。ひどい形相だ。ひげは伸び、髪は乱れ放題。日に灼けた顔は汚れ、憔悴《しょうすい》しきっている。容貌がぼやけてはっきりしないのがニック・アレンには意外に思えた。明かりが足りなさすぎるのだ。おそらく裸電球がひとつといったところだろう。にもかかわらず、その顔にはどこか見覚えがあった。

〈じ、人民解放軍の名において……米国政府に告げる。トルコ人の侵略に加担するのは、即刻中止せよ〉

流暢な英語で訴えた。

〈続けろ、こんちくしょう！〉と後ろからどやされる。

哀れな男性――仕草のひとつひとつを注視するが、まだ身元の特定には至らない――は前かがみになると、縛られた両手をカメラの前に差し出した。凍傷にかかっているのか、指が何本も黒ずんでいる。手のひらに何かを握っている。小さな……鎖のついたペンダント状のもの。不透明ででこぼこで何の変哲もなさそうだ。ニック・アレンは目を大きく見開いた。

〈わたしを無事に救出したければ、彼らの要求どおりにしてほしい〉底知れぬ悲しみが喉に絡みついているようだ。〈わたしの命と引き換えに、アール・ダウ周辺200キロ圏内からのNATO軍撤退を求める〉

〝アール・ダウ？　それだけか？　身代金は要求しないのか？〟

人質の後ろでクルド語で怒鳴っているふたりの男をアレンは観察した。かなり興奮しているらしく、一方は短剣まで取り出し、人質の首の周りで振り回している。いまにも男性の喉を掻き切りそうな勢いだ。

「ここから先をよく観てくれ」オーウェンが囁いた。

大佐は鼻先を擦《こす》ると動画の行方を目で追った。

〈名を名乗れ！〉

カメラを操作している男が不意に大声を上げたが、アレンは動じなかった。この手の場面はうんざりするほど観たことがあり、次にどのような展開になるのかも察しがついていた。人質が本物かどうか不信感を抱かれぬよう、所属部隊、階級あるいは出身地を告げさせ、顔をアップで映し出す。利用価値のない人質はその場で処刑だ。家族への別れの言葉を言わせ、散々泣かせた挙げ句、断首のために頭を下げさせる。運がよければ、とどめの一発を放たれ、そうでなければ、出血多量で絶命するまで苦悶を味わうことになる。

どうやらこの男性には人質としてのうま味があるらしい。そうでなければマイケル・オーウエンが自分を呼び出したりしない。ニック・アレンは人質救出作戦のエキスパートだ。経歴にはリビア、ウズベキスタン、アルメニアにおける功績が燦然《さんぜん》と輝いている。加えて国家安全保障局の最高機密部隊のメンバーでもあった。救助に向かえというのだろうか？　それがわざわざこの執務室に呼び寄せた理由なのだろうか？

動画が再び流れ出す。

〈聞こえないのか？〉と撮影者が質《ただ》した。〈名を名乗れと言っているんだ！〉

視線を上げる人質。目元には濃い隈ができ、額にはしわが刻まれている。

〈マーティン・フェイバー、科学者で……〉

マイケル・オーウェン長官はそこで動画を停止した。予想どおりアレンは驚きに言葉を失っている。

「わたしがなぜ慌てていたか、わかったかね、大佐？」

「マーティン・フェイバーとは！」どうにも信じられないらしく、苦虫を嚙み潰したような顔をしている。「ごもっともです、長官！」

「それだけではないんだ」

オーウェンはポインターをディスプレイに向けると、静止画面に映った男性の周りを円で囲んだ。

「彼が握っているものを観たかね？」

「ま……」忠実な軍人の顔に動揺の色が浮かぶ。「まさか、あれでは……？」

「そのまさかだよ」

ニック・アレンは確信が持てないらしく、唇をへの字に結ぶと、スクリーンに近づいて目を凝らす。

「見間違えでなければ、われわれが探している一方だけかと」

地上最強の情報機関を統率する米軍高官の両目がギラリと光った。

「ご名答だ、大佐」笑顔で応じる。「この動画が運よく、もう一方のありかを示している」

「本当ですか？」

「注意して観ていてくれ」

マイケル・オーウェンは再生ボタンを押した。マーティン・フェイバーのやつれた顔が、魔法が解けたかのように再び動き出す。潤んだ水色の瞳からいまにも涙が溢れ出しそうだ。

〈フリア〉――と、つぶやく――〈ぼくらはもう会えないかもしれない〉

〝フリア？〟

諜報員リストの筆頭に上る優秀なブレーン、アレン大佐。その顔に余裕の笑みが広がるのを認め、にんまりしたＮＳＡ長官は動画の終了を待たずに命令を下した。

「フリア・アルバレスだ」と、補足する。「早急にその女性を見つけ出せ、大佐」

1

ある特殊な事情から、わたしはこんなふうに自分を納得させて生きてきた。

一生を終えて死を迎えたその日、わたしの魂は肉体から離れ、重力を解かれて高みへと昇っていく。ひとたび天に昇ったなら、抗いがたい力に引きずられ、神と対面し目と目で見つめ合う。その瞬間に、何もかも理解できるだろうと。宇宙におけるわたしの居場所、わたしの源、わたしの運命。わたしの知覚はどうしてこんなに……特異なのかも。

死とは何かとわたしが尋ねるたびに、母は決まってそう言った。教区教会の司祭も一緒だ。ふたりとも、カトリックであるわたしの魂をなだめる術《すべ》を知っていた。天国での生活、煉獄で苦しむ魂、あの世に関わるあらゆることを、そうやって割り切れるのは羨ましい限りだった。でも、いまになってそのわけがわかり始めた気がする。

あの11月最初の晩、もちろんわたしは死んではいなかったけれど、目の前には死後に見るべき光景が広がっていた。5メートルの高さにある座像の巨大な顔が、ちょうど頬の辺りの狭い空間をうろちょろするわたしを、穏やかな瞳で見つめている。

「おおい、遅くまで残っているんじゃないよ、お嬢ちゃん」

下から聞こえてきた叫び声にわれに返る。サンティアゴ・デ・コンポステーラ大聖堂の防犯責任者、マヌエル・ミラだ。大聖堂の西の入口にある栄光の門。その中央上部に鎮座する厳かなキリスト像の御前にどうやってクライミング用の装備を設置するか、午後中はずっとそれを模索していた。ロープとフックを自在に操るわたしの姿に、マヌエルもたまげていたが、勤務時間が終わる段になって、わたしひとりを残していくのに気が引けたのだろう。

心配には及ばなかった。自分で言うのもなんだが、アルパイン・クライミング歴は長く、腕にも自信があるし、理想的な体型もしている。それはともかく、この数日間は毎日、大聖堂のこの区域を監視するモニターをたえず気にせざるをえないことで、彼がうんざりしているのは承知していた。

「こんな夜中にひとりっきりで、何かあったらどうするんだ」

警備員はわたしに聞こえるように大声で不満を訴える。

「どうぞお先に、マヌエル。こっちのことはご心配なく。ここで殉死する気なんかさらさらないわ」作業中の手元から目を離すことなく冗談めかして言い返す。

「そうは言うけどさ、フリア。装具が外れて落っこちても、明日の朝7時まで誰にも発見されないんだぞ。考えてもみろよ」

1

「大丈夫。ここはエベレストじゃないんだし。携帯電話だって手元にあるから！」

「そうかい、そうかい、勝手にしな」とぼやく。「んじゃ、まあ、気をつけて。お先に」

20歳も30歳も年上で、わたしと同世代の娘さんもいるマヌエルは、観念した様子で帽子を被り直した。説得は不可能だと判断したのだろう。それに、白い作業着に身を包んで、バリエ・デ・ラ・マサ財団〔訳注：1966年、実業家ペドロ・バリエ・デ・ラ・マサによって創設された。ガリシア文化の保護・研究・教育に貢献している〕のロゴ入りヘルメット、LEDヘッドライトを頭に被り、保護メガネをかけて2階の高さに吊り下がっている間は、わたしを煩わせない方が無難だ。ケーブルで情報端末とつながった合金針をキリスト像の右脇腹の下に差し込んでいる最中なのだから。この作業には外科医並みの慎重さと多大な集中力を要する。

「お疲れ様」彼の心遣いに感謝しつつ、挨拶を返す。

「亡霊にさらわれんようにな」と、マヌエルはまじめな調子でつけ加える。「今日は〝死者の日〟だから。出るんだよ、毎年。さまよえる魂たちが。どうやらここが気に入っているらしくてさ」

わたしはにこりともしなかった。この作業のためだけにしつらえた、3万ユーロもするスイス製のエンドスコープを手にしていたからだ。たったいま言われて思い出したとはいえ、死者のことなど、どこか遠くの話になっていた。

ところが実は、そうでなかったのかもしれない。

世界でも重要な彫刻群のひとつである、このロマネスク様式の傑作と何ヵ月も向き合い、どう保存していくかを調査するうちに、わたしは劣化の原因を説明する糸口を突き止めた。この世のあとには、よりよいあの世が待っている。そのことを思い起こさせるこのモニュメントは、世代を超えて人々に感動を与えてきた。今夜が死者の日だったとは、おあつらえ向きだ。これからわたしが分析しようとしているキリスト像は、何世紀にもわたってサンティアゴ街道の巡礼者たちを迎えてきた。サンティアゴ街道はヨーロッパ最古の巡礼道だ。道中さまざまな体験を通じて信仰心を高めてきた人々は、大聖堂に到着し、この門をくぐることで、罪深い人生を終え、新たな人生を始めるとされる。栄光の門の名はそこから来ている。200体以上の彫刻は不滅の存在たちで、時を超越し、人間が抱く恐れとも無縁の軍団だ。なのに、どういうわけか西暦2000年を過ぎた頃から、奇妙な病が彼らを蝕み始めた。預言者イザヤとダニエルは表面が剥離し、その少し上にいる楽士たちの何人かには崩落の危険性も生じている。トランペットを吹く天使たち、「創世記」の登場人物たち、罪人や処刑者たちも黒ずんできている。大聖堂全体の装飾については、挙げたらきりがない。

それにしても十字軍の時代から今日までに、わたしほど彼らと間近で接し、内奥にまで入り込んで診断した人間はいないだろう。バリエ財団は、湿度かバクテリアによる損傷だとみなしているが、わたしにはそうとは思えない。それで、見学の邪魔をして観光客たちにひんしゅくを買ったり、「栄えある文化遺産によじ登って遊んでいる」などと、巡礼者たちに誤解を与え

1

たりしないよう、こうして時間外に作業している。

理由はもうひとつある。

それは、みんなを説得するのに、正攻法では太刀打ちできないと判断したからだ。

修復チームのメンバーで地元出身者はわたしだけだった。サンティアゴからほど近いコスタ・ダ・モルテの漁村で育ったわたしは、経験から苔や酸以外の原因で石が劣化することもあるのを知っていた。というよりも、直観していた。同僚たちと違って、たとえ大学の専門過程で学んでも、科学的な常識以外の事柄を真っ向から否定するような方向へは向かわなかった。議論になって、風土の影響や地球の放射エネルギーの可能性を訴えるたびに、彼らの反論に遭って、「とても科学的な根拠とは思えない」と鼻先で笑われたものだ。それでも幸いなことに、孤立無援ではなかった。大聖堂の主任司祭が、わたしに味方してくれていた。みんなからは気難しい老神父だと煙たがられる存在だが、わたしは彼を尊敬していた。彼のことをフォルネス神父と姓で呼ぶ人が多かったが、わたしは好んでドン・ベニグノとファーストネームで呼んでいた。〝穏やかな〟という意味の名が性格とあべこべで面白かったからだ。それに彼は実際、財団相手にいつもわたしをかばい、わたしのやり方で調査を進めるよう励ましてくれていた。

「いずれきみの正当性が証明される日が来る」と言って。

〝いつかきっと〟と、わたしは何度も心の中でつぶやいた。

午前零時40分。チームが作成した見取り図に従い、9箇所の亀裂にエンドスコープをひとつひとつ差し込む作業がだいぶ進むと、携帯情報端末が3回鋭い警告音を発した。門の前に設置したコンピュータに最初のデータが送られた合図だ。わたしは安堵のため息をついた。予定どおり進めば、明日にはサンティアゴ大学地質学部鉱物学科の研究室でデータが解析され、36時間後にはその結果をもとに議論ができるだろう。

疲れてはいたが達成感に満ちていた。滞りなくエンドスコープが送ったであろうデータを確認しに、ロープを伝って下へ降りる。失敗は許されない。少しでも不備があったら一からやり直しだ。5テラバイトのハードディスクの回転音が構内に響く。ご機嫌な猫がゴロゴロと喉を鳴らしているみたいで、思わずくすっと笑ってしまった。亀裂ごとのマイクロトポグラフィー、スペクトログラムから、内部の様子を撮影した動画データまで、全部きちんと保存されていた。本日の成果に満足しつつ、安全ベルトや補助器具を外し、道具を片づけ始める。帰ったら熱いシャワーを浴びて、何か温かいものを食べよう。保湿パックをしながら、読書でも楽しもうかな。

それぐらいのぜいたくは許されるわよね。

ところが、運命はいつも突然、人生を翻弄する。まさにその晩、わたしがまったく予期せぬことを準備していたのだ。よりにもよって……とんでもないことを。

ヘッドライトのスイッチを切ってヘルメットを脱いだ時だった。構内奥で何かが動き、わた

1

しはぎょっとした。にわかに周囲の空気がびりびりと張り詰めた気がした。身廊〔教会入口から祭壇に向かう中央通路〕全体——全長96メートル、118の二連アーチ窓つきバルコニー——が、ある「存在」に動揺している。わたしの脳が状況を判断しようとして、必死に理性を働かせる。奥の方で何かがきらめいた。10〜12メートルほど先に、音もなく流れる光。床すれすれの高さを翼廊〔身廊と十字に交差する通路〕の方へ向かっている。

〝ほかにも誰かいる〟と思った途端、脈拍が速まった。

「ねえ、そこに誰かいるの？」

わたしの声だけがこだまする。

「聞こえているでしょう？　誰なの？　ねえ！　答えなさいよ!!」

しんとしている。

平常心を保とうとした。幸い大聖堂《ここ》の構造については熟知している。もしもの時にどちらへ逃げたらいいかもわかっている。携帯電話も手元にあるし、オブラドイロ広場に面した扉の鍵だって持っている。わたしに何かが起こるなんてありえない。聖堂の西側にある作業場の明かりが反射したのかも。構内の闇との落差が激しく、眩惑されたに違いない。光の変化はしばしばそういった目の錯覚を引き起こすものだから。自分にそう言い聞かせたが、納得がいかなかった。あれはどう考えても光の反射などではない。発光する虫でもないし、石壁に当たって砕け散った大ろうそくの火の粉でもない。

「何とか言ったらどうなの！　ちょっと!!」

相変わらず返ってくるのは沈黙だけだ。

暗闇に包まれた身廊を巡っていると、巨大なクジラの口の中を覗き込んでいるような気分だ。その印象を慌てて振り払う。非常灯はおもだった礼拝堂への通路を示すものであって、怪物の胃袋へとつながるものではないのだから。それにしても暗い。照明がついていないと、どこに飾り衝立があるのかさえ見当もつかない。地下祭室への通路もしかりだ。中央祭壇の金箔も、鮮やかに彩色された使徒ヤコブの木彫りの胸像も、何もかもが暗闇に溶け込んでしまったかのようだ。

〝112番通報した方がいいかしら？〟。震える手でバッグの中をまさぐり、携帯電話を探す。

〝それともそんな必要はないか？〟

〝もしもあれが、さまよえる魂だったら？〟

あまりにばかばかしいと、その考えは却下した。恐れなどに負けてたまるか。1ミリだって譲らないと、わたしの頭は息巻くものの、心臓の鼓動は高鳴るばかりだ。

落ち着かぬ思いを静めようと、ウィンドブレーカーとバッグ、ヘッドライトを持つと、光が見えた方へと近づいていった。〝面と向かえば亡霊は消え失せる〟というではないか。びくびくしながら右側の側廊を翼廊へと向かう。誰もいませんようにと心底祈りながら。そこまで行き着くと――「アヴェ・マリア」を唱えながら――覚悟を決めて、当然ながらその時間にはすでに閉鎖されているプラテリアス門の方へ向き直る。

その時、わたしは彼を見た。

というより、もうちょっとでぶつかるところだったのだ。

そんな近くで見ておきながら、わたしは自分の目を疑った。

〝まさか！〟

黒ずくめののっぺらぼう。いや、修道士のような黒い頭巾つき修道服を羽織って、こちらに背を向けているだけだ。大聖堂内で唯一の現代芸術作品へスス・レオン・バスケス作『星の巡礼』の彫刻の下に、置いたばかりのものの中をかき回しているようだ。おどおどしていて攻撃的でないのが幸いだ。まるで空から落ちてきたばかりで、自分がどこにいるのかわからないといった様子だ。

一目散にそこから立ち去り、警察を呼ぶべきだとわかっていた。でも相手と目が合った瞬間に、何となく声をかける気になった。

「そこで何をしているの？」

ただ問いかけた。

「聞こえている？　誰の許可があって、大聖堂《ここ》にいるの？」

泥棒――にしか思われぬ男――はわたしの声に動じる素振りも見せずに、動きを止めた。ナイロン製のリュックのファスナーを締めると、こちらを振り向いた。見つかったのを気にする様子はまったくない。それどころか、その場にうずくまってわたしを待っているようにさえ映る。明かりが不足して顔がよく見えない。修道服の下には黒いニットのスパッツのようなものを着ているらしい。精悍そうな体つきだ。すると聞いたことのない言語で何かをつぶやいた。反応しないでいると、今度は相手の方が一歩こちらに進み出て問いかけてきたので、わたしはどぎまぎした。

「ウルーア・リベス？」

〝え？〟

〝修道士〟は口をつぐむ。どうやってわからせようかと思案しているようだ。

「ウルーイア・アリブレス？」

困惑するわたしを見て、相手は再度言葉を組み直す。何とか理解できる程度まで漕ぎ着け、わたしを仰天させた。

「フルーリア・アルバレス……アナタ？」

2

大聖堂の外はあいにくの雨だった。オルバージョと呼ばれるスペイン北西部特有の霧雨は、気づかぬうちに染みとおり、何もかもずぶ濡れにしてしまう。大聖堂の西正面にあるオブラドイロ広場の敷石は、オルバージョの最たる被害者で、その時間帯にはすでに雨を受け入れる許容量を超えていた。だからこのガリシアの一等地にワインレッドのメルセデス・ベンツが滑り込み、広場に面する歴史的建造物の高級ホテル「オスタル・デ・ロス・レイエス・カトリコス」の玄関先に停車すると、たまった水が波となって押し寄せ、建物の壁にまで飛沫が跳ね上がった。

ホテルのレセプションでは夜番のフロント係が、近くの窓から外を見やり、テレビを消した。本日最後の宿泊客の到着だ。気のつくことにすかさず立ち上がり、出迎えに行く。

運転手がエンジンを切り、ヘッドライトを落とすと、大聖堂の鐘が午前1時を告げた。慣習の一部と化しているかのように、車を運転してきた男性は腕時計の時間を合わせる。

「着いたよ、ハニー。コンポステーラだ」

助手席の女性はシートベルトを外すとドアを開けた。フロント係が黒い大ぶりの傘を持って近づいてくるのを認め、ほっとする。

「こんばんは。ようこそ当ホテルへ」流暢な英語で挨拶する。ドアを開けた途端、レンタカーの高級車内に外の湿った土のにおいが入り込む。「お待ち申し上げておりました。遅い到着と、おうかがいしていましたもので」

「それはどうも」

「玄関先まで傘をお差しいたします。お車はわたくしどもの方で駐車スペースへ移動し、お荷物はすぐにお部屋までお運びいたします」笑顔で申し出る。「スイートルームにフルーツを用意させていただきました。調理場がすでに閉まっておりますもので」

男性は人気《ひとけ》のない広場をちらりと見やる。この石畳の雰囲気が何ともいえず好きだった。バロック様式の大聖堂のファサード、15世紀の調度品がしつらえられたスイートルーム、新古典主義様式のラショイ宮殿が、絶妙な調和を保って同居している。

「お尋ねするが」メルセデスのキーとチップの10ユーロ札を手渡しながら囁く。「栄光の門の修復作業はまだ終わっていないのかね？」

フロント係は覆いのかかった大聖堂正面に一瞥をくれる。外観が損なわれ、上客の足が遠のくのは困りものだ。

2

「残念ながら、まだです、お客様」申し訳なさそうに応じる。「新聞によると、保存方法を巡って専門家の間で意見が割れているとか。長引きそうな気配です」

「本当かい？」信じられないといったふうに頭を振る男性。「だったら24時間体制でやる必要などないのに」

そう言って大聖堂の表玄関の上にある巨大な2枚の大窓を見やる。構内から強烈な光が発せられている。使徒ヤコブ像がある中央祭壇の辺りだ。

フロント係の顔色が変わった。

あれは作業場の照明ではない。威嚇するようなオレンジの閃光に不吉な予感を覚える。警察に通報しなければ。一刻も早く。

3

「フリア・アル=バレス？」

〝修道士〟が自分の名を発していると認めるのに数秒かかった。スペイン語は話せないらしい。フランス語や英語もわからないに違いない。道理でこちらが呼びかけても返事がなかったわけだ。身ぶりで意思疎通を図ろうとしたが、だめだった。根拠はないが本能的に、内気で従順そうな様子から、相手が危害を加える気はないと判断した。単なる迷子だろう。巡礼者が大聖堂に閉じ込められるのは珍しいことではない。遠国からの来訪者の中には、見学者向けの張り紙が理解できない者もいる。たまにではあるが、地下祭室の使徒ヨハネの棺の前や、25ある小礼拝堂で祈っていて取り残される者がひとりかふたりいる。気づいた時には拝観時間をとっくに過ぎ、外へ出ることも誰かに知らせることも――警報器を鳴らさない限り――できなくなる。

ところが、この人物にはどこか尋常でない部分があった。奇妙なことに、近くに寄ると、なぜだか気分が悪くなる。それに、どういうわけかわたしの名前を知っていて、こちらが何かを

3

尋ねるたびに連発してくるのが、少なからず気味悪かった。

　手にしたヘッドライトで相手を照らしてみる。すらりとした若い男性で、浅黒い肌に、ぱっちりとした瞳。東洋的な顔立ちで、右目の下に蛇形の小さなタトゥーを入れている。顔つきは非常にまじめそうだ。わたしと同じぐらいの背丈でスポーツマンタイプというか、武術でもやっているような感じがする。それに魅力的でもある。

「申し訳ないけど」観察を終えると、わたしは肩をすくめた。「居残ることはできないの。外に出なさい」

　しかし、その命令も何の効果ももたらさなかった。

「フーリア・アルーバレス？」これで四度めだ。

　厄介なことになった。わたしは冷静さを失わぬよう努め、自分の作業場の方向を示しながら、あそこからなら通りに連れ出せることを、どうにか相手に伝えようとした。床を指差し、荷物をまとめて、あとについてくるようにと。けれども、わたしの仕草は相手の態度を硬化させただけだった。

「行きましょう。わたしについてきて」と、彼の腕を引いた。

　それが間違いのもとだった。

　攻撃でもされたかのようにわたしの手を振り払うと、黒いリュックをつかんで、若者は絶叫する。「Amrak（アムラク）！」と聞こえたが、わたしは彼の態度に総毛立った。

その瞬間、激しい疑念がよぎった。まさかリュックの中に盗んだものでも入っているのでは？　そう思うとぞっとした。高価なもの……？　大聖堂の宝物とか？　そうだとしたら、どう対処したらいいのだろう？

「落ち着いて。大丈夫だから」なだめつつも、バッグから携帯電話を取り出してみせる。「助けを呼んで、ここから出してもらいましょう。わかった？」

息を凝らしている若者。何だか追い詰められた獣みたいだ。

「フリ-ア・アルバ-レス……？」また繰り返す。

「どうってことないのよ」わたしは無視した。「緊急用の番号を押して……ね？　まもなくここから出られるわ」

しかしダイヤル後、数秒経っても携帯電話はつながらなかった。

もう一度かけ直す。さらにもう一度。何度やっても不通のままだ。相手は張り詰めた表情でリュックを抱え、わたしを見つめている。けれども四度めの接続に失敗すると、〝修道士〟は、その場から動くことなくリュックを床に置き、中身に注目するよう、身ぶりでわたしに示した。

「何なの、それ？」と、わたしは尋ねる。

すると、闖入者は応じる前に、にっこり微笑んだ。

わたしの名前以外の言葉を発したのは、さっきの絶叫に次いで二度めだ。

彼が口にしたのは別の名前。予想だにせぬ答えとはいえ、わたしがよく知るものだった。

3

「マーティン・フェイバー」

4

　そこからほんの数メートルの場所に、サンティアゴ市警のパトカーが2台、治安警備隊のライトバン1台と消防のポンプ車1台を従えて、キンタナ広場の下方、キンタナ・ドス・モルトスを突っ切り、フォンセカ通りを上ってきた。現場にはすでに別のパトカーが1台到着していて、大聖堂内の発光の推移を見守っていた。ホテル「オスタル・デ・ロス・レイエス・カトリコス」から「大聖堂で火災発生」の通報を受け、緊急出動してきた割には、冬眠中に起こされた熊が巣穴からしぶしぶ這い出してきたような風情だ。

「どうやら火事ではなさそうですよ、フィゲーラス警部」と、ひと足先に大聖堂南のプラテリアス門に来ていた捜査官はぼやいた。上司が到着するまでの数分間、大聖堂から目を離さず見守っていたため全身濡れネズミになっている。

　警部は――長年ガリシア沿岸で暗躍する麻薬密売組織との抗争に明け暮れてきたがさつな男だ――疑り深いまなざしを部下に向けた。大抵のことには耐えられる彼だが、土砂降りでメガ

4

ネのレンズがしぶきだらけになることだけは、どうにも我慢がならない。そのため虫の居所が非常に悪かった。

「おまえ、どうしてそう結論づけた？」

「到着からだいぶ経つのに、煙がどこにも見当たりません。それに」自信たっぷりにつけ加える。「焦げ臭くもないからです。大聖堂は可燃物でいっぱいなのに」

「大司教邸には報告したのか？」

アントニオ・フィゲーラスはうんざりしながら現場の状況を観察する。教会側と一戦交えるのは極力避けたかった。

「しておきましたよ、一応。いま頃こちらへ向かっているところではないですかね。学芸員が残業していることが多いので、その明かりではないかと、おっしゃってはいましたが。入ってみます？」

フィゲーラスはためらった。もし部下の言い分が正しく、不審火は窓に反射した明かりでしかなかった場合、突入はもめごとの火種になる。明朝『ラ・ボス・デ・ガリシア』紙の第一面を〝共産主義者《コミュニスト》の警官、大聖堂を冒瀆《ぼうとく》！〟という見出しが躍るだけだ。幸い彼が決断を下す前に、折よく紺色の防火服姿の第三者が近づいてきた。

「ご苦労さん」とフィゲーラスはねぎらう。「で、消防側《そちらさん》の見解は？」

「警察側《あなたがた》のおっしゃるとおりですよ、警部。どうやら火災ではなさそうです」眉が太く猫のような目をした副消防隊長は、愛想よく応じると、てきぱきと専門家としての意見を述べた。

「感知器の作動なし。報知機はひと月前に点検したばかりで異常なし」

「それで？」

「停電が原因かと。この辺一帯は電力消費の需要超過で、30分前より電力供給が停止していますから」

聞き捨てならない情報だ。

「そんなこと、誰からも聞いていないぞ」

「てっきりご存じかと、警部」消防隊長は周囲を指差し、何の気なく言った。「かなり前から街灯も消えていますし。明かりがついているのは自家発電機を持っている建物だけです。大聖堂もそのひとつでして」

アントニオ・フィゲーラスはメガネを外すと、レンズを吹きながら散々悪態をついた。何たる不覚。観察眼が曇っていたってことか。メガネをかけ直し、視線を上げ、改めて広場を見やる。確かに、目に映るのは緊急車両のヘッドライトだけで、近隣の家々にはひとつの明かりもない。ただ時計塔のすぐ近くにそのお騒がせな光だけが浮かび上がっている。まるで嵐の中の稲妻のように。

「大停電か？」

「おそらくは」

4

降りしきる雨と視界の悪さにもかかわらず、フィゲーラスの目はプラテリアス門に走り寄る大男の姿を捉えた。男は扉の前で立ち止まり、錠前を無理やり外そうとしている。

「おい、あいつは誰だ？」大声で質す。

「ああ、あのお方は……」傍らでヒメネス警部補がにこやかに応じる。「そうそう、すっかり報告するのを忘れていました。今日の午後、紹介状持参で、署にお見えになった方です。遠路はるばるアメリカから。ある事件を捜査しているとかで、サンティアゴ在住の女性の居場所を知りたがって」

「で、あそこで何をしているんだ？」

「それは……」と、部下は言い淀む。「その女性がバリエ財団で働いていて、今夜は大聖堂で作業中だと聞いたもので。火災の通報で出動した際、われわれを追ってきたんでしょう」

「何をしているのかと、訊いているんだ！」

激しく問い質すフィゲーラスに、ヒメネスは悠長に答えた。

「わかりませんか、警部？　中に入ろうとしているんです」

5

「動くな！　手を挙げろ！」

大聖堂の丸天井に警告の声が響き渡る。腰が砕けてくずおれたわたしは、大理石の硬い床に両膝を打ちつけた。同時に冷たい空気が構内全体に流れ込む。

「じっとしていないと、撃つぞ！」

黒ずくめの男の背後から聞こえてくる声。プラテリアス門から入ってきた新たな闖入者は、こちらに銃口を向けている様子だ。わたしは混乱していた。発せられた警告が流暢な英語だったせいか、頬にタトゥーのある若者の口から夫マーティンの名が飛び出したせいかはわからない。判断する余裕もなくわたしは、本能的にヘッドライトとバッグを手放し、頭を両手で覆っていた。ところが、タトゥーの若者の方はわたしには倣《なら》わなかった。

すべてはあっという間のできごとだった。

〝修道士〟は羽織っていた修道服を剝ぎながら身をひるがえすと、右手の信者席の間に身を投

5

じた。予想どおり下には伸縮性のあるスポーツウェアを身につけていた。両手に持った何かを振り上げたが、わたしがそれを見分けるには時間を要した。

それにしても黒ずくめの男の反応には驚きだ。音もなく発射された銃弾が、彼のすぐ後ろに着弾し、衝撃で座席の手すりが粉々に砕けても、伏せようともしない。

「フリア・アルバレスさん？」

手を挙げるよう警告した声が、わたしの名を叫ぶ。〝修道士〟よりはずっとましな発音だ。背後から聞こえたが、銃声と勘違いして返事が遅れた。今夜はどうして見知らぬ人々がみんな、わたしの名前を知っているのだろう。

「床に伏せろ！」

神様！

わたしはさらに身を低くし、翼廊の床にうずくまる。何とか壁際にある唯一の告解室まで這っていくことができた。閃光とともに3〜4発、銃声がこだまする。だが今回の発射元は、タトゥーの若者の方だった！　彼も武器を持っていたなんて‼

数秒間、すべてが止まった。

墓場のごとく静まり返る大聖堂。震え上がったわたしは慄《おのの》く赤ん坊のように縮こまった。口から飛び出しそうなほどに心臓が高鳴り、逃げることも息を吸うこともできない。泣き叫びたい気分だったが、恐れ――それまで経験したことがない激しい、責め苦のような恐怖――に喉を締めつけられ、それすらできなかった。いったいどういうこと？　貴重な文化財だらけの、神聖な大聖堂内で発砲し合うなんて、このふたりの不審者たちは、何てことをしているのだろう？

脱出口を探すわたしが、それを見たのは、その時だった。言葉で説明するのは難しい。大聖堂の真ん中、交差廊の辺りで、半透明のエーテル状の物質が、ベールのように水平に広がったかと思うと、今度は丸天井の要石を目指して上昇し始めた。〝神の目〟の装飾を伝うかたちで、オレンジ色がかった電光のビームを発しながら、高さ20メートルほどの位置に漂っている。そんなものを見たのは初めてだった。嵐の雲にも似た煙は、まるで中央祭壇下にあるヤコブの墓所につなぎとめられているように映る。

〝マーティンに見せたかったな、この光景。きっと喜んだだろうに〟

だけどわたしの生存本能が、心に浮かんだその思いを瞬時に消し去り、再びわたしを脱出口探しに駆り立てた。

より安全な隠れ場所を求めて、告解室から石の柱まで這い出そうとした時、後ろから伸びてきた大きな手に引きとめられ、床に鼻を押しつけられるかたちになった。

「アルバレスさん、動いちゃだめだ！」わたしの背骨を圧迫した状態で、男の声が制する。

わたしはもう身動きできぬままだ。

「米軍大佐のニコラス・アレンです。あなたを救出に来ました」

5

わたしを救出？　いったいどういうこと？

不意にわたしは、そのアレンと名乗る男が、さっきからずっと英語で命令していたことに気がついた。軽い南部訛りの英語は、マーティンと同じだ。

〝マーティン……！〟

こちらが説明を求める前に、新たな銃弾が告解室の上部分を貫通し、石壁か石像を砕く音がした。

「奴もピストルを持っていたか」大佐が低い声でうなる。「早い所ここを脱出しなければ」

6

アントニオ・フィゲーラスの痩せこけた顔が青ざめる。

「いまの、銃声じゃねえのか？」

誰も反論はしない。

「銃声だろうが、あほんだら！」

両脇に控えている5名の市警捜査官と2名の治安警備隊員は、大砲の音でも耳にしたかのように、当惑しながら顔を見合わせている。

「……ってことは奴《やっこ》さん、大聖堂の中でドンパチ始めたってわけだ」フィゲーラスは、みなおまえのせいだと言わんばかりにヒメネスを睨んだ。コートの下からH&K《ヘッケラー・アンド・コッホ》の9ミリ拳銃を取り出すと、重々しい口調で言い加えた。

「やつを止めねばならん」

警部補は肩をすくめた。

6

「あとでこってり絞ってやるからな。覚悟しとけよ」フィゲーラスは部下を脅すと命じた。「行くぞ、ついてこい！」

４名の部下が彼に続く。聖堂内部の者に気づかれ発砲されぬよう警戒しながら忍び寄り、南側にあるプラテリアス門の二連扉の右手に張りつく。残りの３名は後衛に回り、東側の聖なる門と、側面にある出入口を固める。いまいましい雨がさらに激しくなって、正面広場の向こうにある宝飾店「オテロ」のクリーム色の壁さえもかすんで見えない。そのうえ停電も重なり、大聖堂最古の門前は混乱の色を帯びている。不吉だ。扉の上の三角壁面《ティンパヌム》に彫られた旧約聖書の場面も、少なくとも吉兆を示すものではない。アダムとエバの楽園追放、骸骨化した愛人の首を抱く──不義の罪の戒めとして巡礼者たちに知られている──姦淫の女、トランペットを手にした「黙示録」の天使たちが雨に濡れて光っている。

「あの野郎、何て名だった？」らせん縞の玄関柱に張りついている間、フィゲーラスは小声で部下に訊いた。

「ニコラス・アレンですよ、警部。ワシントンからプライベート機でサンティアゴ空港に到着されて」

「で、武器を所持したまま入国を許可したと？」

「そのようですね、はい」

「何様か知らんが、決まりを破っていいってことがあるもんか。そうだろう？　すぐに無線で応援を頼んでこい。救急車1台と……ヘリコプターを1機だ！　オブラドイロ広場に着陸させ、逃げ道を塞ぐ。それから一分隊を北の門に。早くしろ！」

ヒメネスは命令を遂行すべく、転げるようにしてパトカーへと駆けていった。フィゲーラスは事態が紛糾せぬ限り、外で待機する腹づもりだった。そしてお騒がせアメリカ人を生け捕りにする。少なくともこれ以上誰も発砲せぬ限りは。

しかし、そうは問屋が卸さなかった。

強烈な銃声が3発、数メートル先で炸裂した。すると大聖堂に隣接し、プラテリアス門から馬の噴水まで続く博物館の美しいファサードの真上で、窓ガラスが1枚吹き飛び、彼らの頭上に降り注いだ。

「な、何だあ……!?」

上を見上げる暇もなく、ガラスの驟雨《しゅうう》に見舞われたフィゲーラスだったが、破片で視界を妨げられながらも、あるものを認めて呆然となった。５００年超の歴史を誇る大聖堂の屋根の上を、曲芸師よろしく飛び跳ねる痩せた男のシルエット。黒服の男は小脇に何かを抱え、ひとつに束ねた長い髪をなびかせ、去っていく。男のあとには光輝く奇妙な粉の雲がたなびいていた。

共和主義者の親を持ち、18歳で共産党に加入した筋金入りの無神論者、フィゲーラス警部の顔から血の気が引いていく。喉から思わずお国言葉が飛び出した。

「O demo（悪魔）だ!!」

7

やっとのことで大聖堂を脱け出し、一歩外に踏み出すや、わたしは雨のカーテンの洗礼を受けた。嵐は通りを闇に陥らせ、時折起こる稲光だけが、付近の家々の玄関先にある石段やポーチに質感を与えている気がする。めまいがして、左耳が聞こえにくくなったことで困惑を覚え、しばらく足や腕が痙攣していたが、幸いまもなく治まった。突然冷や水を浴びたことで、気分が落ち着いたようだ。どうやらまだ生きているみたい……ということは、今後も何が起こっても不思議ではない。宙に漂う香りの海――苔、湿った土、薪ストーブのにおい――に本能的にすがりつく。それらの香りと石畳を叩きつける雨音が、心臓の鼓動と調子を合わせて、わたしの体を温めてくれた。

何もかもがそんなふうにうまく行ったわけではない。

わたしを聖堂から連れ出した男性は、自身の怒りに駆られた行動の報いを受けたらしい。わたしの方は逃げるのに精一杯で、彼のことまで考える余裕はなかったが、大聖堂から出た途端、彼は集団に捕らえられ、口汚く罵られ、その後わたしと引き離されたような気がする。わたしの方はふたりの消防隊員に抱きとめられ、一番近くの柱廊まで誘導された。即座にレインコートを着せられ、毛布でくるまれる。

「おおっ！」消防隊員のひとりが明滅する街灯を見て叫んだ。「電気が戻ったぞ！」

気が利くことに、消防隊員たちはプラスチックの椅子を用意し、水のペットボトルを持ってきてくれた。わたしはそれを一気に飲み干す。

「心配なさらずに。すぐに回復しますからね」

〝わたしが回復する？〟

はたと思い至った。9時間連続で働いたのに加えて、たったいまの恐怖体験だ。ひどい形相をしているに違いない。不謹慎を承知で、本能的に自分の姿が見られる場所を探した。もしかすると〝修道士〟や〝銃撃戦〟、〝輝く雲〟から意識をそらしたかっただけかもしれない。効果は覿面《てきめん》だった。運よく広場にある唯一のカフェテリアが開いていたので、ガラス扉に全身を映してみる。そこには、髪がぼさぼさの、まったく場違いなみすぼらしい娘が立っていた。薄暗い中では赤毛も輝かず、緑の瞳も生彩さを欠き、目の下にできた隈の方が際立っている。正直ぞっとして〝いったいどこで何していたのよ、フリア？〟と自分自身に問いかけた。それより心配だったのは、むしろ見た目ではわからない体の痛みの方だった。相当な力で圧迫されたらしく、時間が経つにつれて背中の上部がじわじわと痛み出していた。まるで足場から落下して

7

強く打ちつけたような痛みだ。

足場……そうだ、そっちの方が心配だ！

苦労して集めたデータが入ったパソコンを、大聖堂内の作業場に放置したままだった。わたしは指を十字形に交差させ、さっきの銃撃戦で、ハードディスクが壊れていないことを祈った。

「まもなく警察の方がいらっしゃいますので」消防隊の隊長らしき人が、親切にも知らせに来てくれた。「ここでそのままお待ちください」

1分ほどすると、ベージュのコートに身を包んだ人物がやってきた。額から水を滴らせ、大胆な白縁メガネのレンズは曇り、ひどく不快そうな表情をしている。コートの裏地で片手を拭うと、ぎこちなくこちらへ差し出した。

「こんばんは」と、挨拶してくる。「サンティアゴ市警のアントニオ・フィゲーラス警部です。ご無事でしたか？」

わたしはうなずく。

「とんだ災難でしたが……」と、ためらいがちに話し出す。「本件はわれわれにとっても、不測の事態でして。あなたを大聖堂から連れ出した男は、待ち伏せだったと言いますが。何ぶんスペイン語がおぼつかぬもんで。あなたのお名前はフリア・アルバレスだとのことですが、当たっていますか？」再びわたしがうなずくのを見て、警部は続けた。「まずはわれわれ地元警察が、事情をうかがうのが筋ですが、その男が――アメリカの治安当局関係者だとかで――緊急にあなたと話さねばならんと言って聞きませんでね」

「大佐が？」

　フィゲーラスは目をぱちくりさせた。わたしの口から自分の知らない情報が飛び出し、驚いた様子だ。気を取り直すと、首を大きく縦に振った。

「はい、そうです。彼と先にお話しいただいてもよろしいですかね？　不都合であれば、このわたしが……」

「いいえ、問題ありません」わたしは言葉を遮った。「こちらも彼には、訊きたいことがありますので」

　警部は部下を呼び、彼を連れてくるよう命じた。

　広場の隅に停めた車から、許可を得たニコラス・アレンがやってくる。明るい場所でその姿を初めて目にし、わたしは驚かされた。1メートル80センチを優に超える、大柄な50代ぐらいの男性で、どこから見ても完璧な紳士だ。素敵なスーツは銃撃戦で台無しになったが、ブランド物のネクタイと糊の利いたシャツはかろうじて原形をとどめていた。片手に革のアタッシュケースを提げている。空いた椅子を運んでくると、わたしの傍らに腰を下ろし、挨拶してきた。

「間に合ってよかった、アルバレスさん」親しげに両手を握り締め、安堵の息をつく。

「わたしたち……以前どこかでお会いしましたか？」

　少しでも穏やかな表情を見せようと、大佐は背筋を伸ばして顔をやや上に向けた。日に灼け

7

たその横顔に、わたしはまったく覚えがない。近くで見ると、すでに白いものが混じった艶やかな頭髪の下、眉から額の生え際の間に、醜《みにく》い傷痕が刻まれているのに気がついた。

「わたしの方は存じています」と、応じる。「かつてあなたのご主人と同僚だったもので。わが国政府の作戦でたびたびご一緒した仲です。あなた方が出会うずっと前からですが。その後は……とにかく、あなた方のあとを追ってきたと言うべきでしょうか」

その発言にわたしは不意をつかれた。マーティンからそんな話は一度も聞いていない。一瞬、大佐が威嚇射撃をする直前、黒ずくめの〝修道士〟もマーティンの名を口にしたことを伝えようかと思ったが、まずは彼の言い分を聞くことにした。

「いくつかお尋ねしたいことがあります」と前置きする。「もし差し支えなければ、誰にも聞かれずに話がしたいのですが」

アレンはそう言って、2〜3メートル離れたところにいるフィゲーラス警部をちらりと横目で見やった。わたしは肩をすくめる。

「どうぞお好きなように」

「それでは、あなたから彼に頼んでください」と微笑む。

わたしはちょっと気後れしたが、好奇心の方が勝った。椅子から立ち上がり、汚らしい身なりの警部に、しばらく大佐とふたりきりにさせてほしいと頼みに行く。警部は気に入らなかったようだが、勝手にしろといった素振りで、携帯電話を耳に運びながら承諾した。

「恩に着ます」と大佐は囁いた。

わたしたちはカフェテリア「ラ・キンタナ」に入店した。停電が復旧してまもなく、カウンターの向こうではコーヒーマシンがうなりを上げて豆を挽き、たったひとりのウェイターが後片づけと明日の準備に追われていた。閉店間際で、とてもゆっくりする時間はなさそうだったが、とりあえず一番奥の席に腰を落ち着けた。

「奥さん……」と言うや、突然こちらのプライバシーに踏み込んできた。「あなた方ご夫婦の馴れ初めについては存じています。知り合ったのはマーティンがサンティアゴ街道の巡礼を行なった2000年。彼は仕事も、家族もすべて投げ打ち、あなたのもとへ走った。そしてあなた方はロンドン郊外で式を挙げ……」

「ちょっと待ってください」わたしは大佐の言葉を遮る。「あんなことがあったあとなのに、マーティンの話をするつもり？」

「そうです。わたしは彼を救出するためにここに来たのですから。それに、先ほど攻撃を仕掛けてきたあの男からあなた方を守るためにも」

「いったい、どういうこと？」

「できればこちらの質問に答えていただきたい」

二の句が継げず、わたしは押し黙る。そこへコーヒーがふたつ運ばれてきた。

「お尋ねしますが」大佐は話を続ける。「ご主人とはいつから会っていらっしゃらないのです

7

か？」

「ひと月ほど前からです」

「ひと月？　そんなに長く？」

「そんなこと、あなたには関係ないでしょう？」気分を害され、わたしは突っかかる。

「それはごもっともです。失礼しました」

険悪なムードにならないよう、わたしは少し説明をすることで救いをもたせる。

「最後に電話で話した時、夫はトルコの山岳地帯にいると言っていました。気候変動に関する科学的研究のため、データ収集に来ていると」

「アラト山ですね？」

「どうしてそれを？」

「もっと知っていますよ」アタッシュケースからｉＰａｄを取り出し、わたしの前に据える。カバーが開いた途端、画面が浮かび上がる。「ご主人はいま、危機的状況にあります。実は、誘拐されたのです」

8

「いつまで待たせる気だよ？　つべこべ言わずに、さっさと情報を送って寄こせ！」

フィゲーラス警部は捨て台詞を吐くと、かかってきた電話を自ら切った。自分の縄張りで起こった事件の唯一の目撃者を外国人のプロフェッショナルに横取りされ、ただでさえ、はらわたが煮えくりかえっているというのに。

部下たちが大聖堂内の被害状況を調べ、薬莢を拾い集めている間に、むかつきながらも主任司祭とやり取りし、フリア・アルバレスが何者かを知ったばかりだった。フォルネス神父は個人的な意見ではあるがと前置きしたうえで、彼女のことをちょっと頑なすぎるところがあり、異教思想に染まっている感があることから、敬虔な信者とは言えないが、不屈の精神の持ち主だと評した。それから「ケルトやニューエイジといった類《たぐい》のものですが」と胡散臭《うさんくさ》そうに説明し、「職業柄、そういった知識も必要なのでしょう。わたくしは確信しています。いつの日か、フリアは大発見をして世間を驚かせるだろうと。見ていてご覧なさい。彼女はきっと栄光の門

8

を損傷から救ってくれますよ」とつけ加えた。

フィゲーラスにとってどうでもよいことだったが、長広舌の中で知り得た情報には正直驚いた。主任司祭によると、フリア・アルバレスは米国人と結婚しているという。

だから本署に電話をして、夫婦に関して調べられる限りの情報を集めるよう頼んだのに。

パトカーの運転席でコンピュータの画面に見入っていると、空気が震えたように感じた。ヘリコプターが1機、濁った大気をプロペラでかき混ぜ、広場の敷石まで揺るがしている。フィゲーラスは自分が出動要請したことなど、すっかり忘れていた。この悪天候下、1機しかない貴重なヘリを市街地上空に飛ばすなんて。われながら無茶なことをしたものだと思ったが、後悔している間もなくまた電話が鳴った。

「フィゲーラスです、どうぞ」

「警部か？」耳慣れた声だ。

「ああ、署長」

「おまえが依頼した件で電話した。まず、警察《うち》の関係書類にフリア・アルバレスの名は載っていない。前科もなければ交通違反歴もない。ただし、判明したことはある。彼女は博士で専門は美術史、サンティアゴ街道に関する著作がある。タイトルは『イニシエーションの道』。わたし好みの秘教物でな。それから……」

「よく調べがつきましたね。ひょっとしてググってみたとか？」

「言葉を慎め、フィゲーラス」

「失敬」上司に戒められ、荒い息をつく警部。「先を続けてください」

「彼女の方にはこれといった情報はないが、注目すべきは旦那の方だ」

「だと思った」

「マーティン・フェイバーは気候学者。しかもそんじょそこらの学者じゃなく、同分野の草分けだ。そんな大物がサンティアゴで何をしているのか、どうにも説明がつかん。２００６年には『ヨーロッパとアジアの主要山脈における万年雪の溶解について』とかいう研究論文で、国連の賞まで受賞している。彼の予測は正確に現実化しつつあって、専門家としての信望は厚いそうだ。興味深い点はだな、警部……ハーバード大学を卒業後、アメリカ国家安全保障局にスカウトされて、結婚前まで諜報員として働いていた」

「旦那はスパイだったと？」

「平たく言えばそういうことだ」署長はそこで声を落とす。「残念ながら、それ以外は機密扱いになっていてわからん」

「そいつは臭いな」

白縁メガネの奥で警部の鋭い目が輝いた。現在、唯一の証人を尋問している輩《やから》と彼女の夫が同じ情報部門で働いている。フィゲーラスには、それが単なる偶然とは思えなかった。〝重大事件のにおいがぷんぷんしているぜ〟

8

「結婚して何年になるか、わかりますか、署長？」

「戸籍データはまだ届いておらん。が、在スペイン米国人リストによると、どうやらふたりは英国で結婚したらしい。理由は不明だ。税関に興味深い記録が残っていて……」

「もったいぶらずに、一気に教えてくださいよ」

「フェイバー夫妻は結婚後、1年間ロンドンに住んでいた。ふたりの仕事とはかけ離れているが、古物商を営んでいたという。しかしサンティアゴに移る前に、きれいさっぱり売り払った。入国時に財産として申告したエリザベス朝時代のふたつの石を除いてな」

「ふたつの石？」

「昔の魔よけだというが。何だか妙だろう？」

9

わたしの目の前で展開する映像は、おぞましすぎるものだった。テレビの報道番組から取られたような、いや、もっと悪質で、湾岸戦争を扱った残酷映画のワンシーンのようだ。実際、画面中央に映ったオレンジ色の囚人服姿の男性が、すぐに誰だか気づかなければ、画面から目を背けていただろう。ああ、何ということだ。骨張った顔、頭の形、きつく縛られた大きな手、思いどおりに行かない時に見せる、むっとした表情……それらの特徴を確認すると、もうこれ以上、画面を直視することはできないと悟った。

「な……何ですか、これ？」とわたしは口ごもる。

アレン大佐は動画を停止した。

「生存の証拠ですよ、アルバレスさん。この映像は先週、トルコ・東アナトリア地方のとある場所で撮影されたものです。ご覧のように映っているのは……」

「確かにうちの夫です」不安と緊張で喉を詰まらせながら、大佐の言葉を遮った。夫の顔が頭

9

の中をぐるぐる回り、わたしは泣き出す寸前だった。「どうしたらこんなひどいことが……？　誰が誘拐したの？　なぜ？　何が目当てなの？」

「どうか落ち着いて」

「落ち着けですって？」と息巻くわたし。「こんなものを観せておきながら、よくもそんなことが言えたものね！」

不安に胸を締めつけられて、涙をにじませ、半狂乱になってわめき散らすと、「ラ・キンタナ」のウェイターがわたしたちのテーブルに一瞥をくれた。大佐はわたしの両手を握り締めて、どうにでも取れる表情で彼の方を見やった。何でもないからこちらに構うなと言われたと思ったのか、それともやり残した仕事があることに気づいたからか、ウェイターは店の反対側にあるカウンターの奥に引っ込んでいった。

すぐさまアレンはわたしの方に向き直る。

「ご質問にひとつひとつお答えしましょう、ミセス・フェイバー。少なくとも米国政府とわたしが答えられる範囲で。その代わり、こちらにも協力してください。よろしいですか？」

わたしは返事ができなかった。かろうじてできたのは、マーティンの静止画像から目をそらすことだけだ。ほとんど彼とは思えぬほどに、変わり果てた姿だった。何日も剃っていない無精ひげ、乱れ放題の頭髪、吹き出物だらけの肌。とてつもない自責の念に襲われる。どうしてあんなばかなことをしてしまったのだろう？　なぜ彼をひとりで行かせてしまったのだろう？

最後に衝突した際のエピソードが記憶の中ではかなく輝き出す。アララト山からそう遠くないヴァン行きの飛行機に搭乗する直前のこと。口論になって、わたしは面と向かってマーティンを非難したのだ。５年間自分を実験台にしたとなじって。もう二度と協力しないと突っぱねて。わたしの憤りに面食らった彼はひと言、「愛のためでも？」とつぶやいた。それに対して「当たり前でしょう！」とも応じた——。

彼がこのような事態に陥ったのは、わたしのせいだろうか？　いまになってわたしは、自分のこらえ性のなさを後悔し始めていた。

「まずご理解いただきたいのは、テロリスト集団がすでに犯行声明を出していることです」わたしの思いをよそに、アレンは説明した。「マルクス・レーニン主義にかぶれた、非合法の政治組織、クルディスタン労働者党で、何十年も前からトルコ政府と対立しています。朗報としては」と言って、やや顔をほころばせる。「登山家の誘拐事件の歴史は古く、その大半は無事に解放されていること。ありがたくない情報としては、驚くべき周到さで犯行がなされたことです。実行犯らはまったく痕跡を残していない。わが国の人工衛星でさえ、足取りをつかんでいないのです」

「じ……人工衛星？」しゃくり上げながら、わたしはたどたどしく訊いた。

「合衆国政府はあなた方のために最善策を講じているのですよ」大佐の顔にうっすらと笑みが

9

戻る。「あなたと出会う前、ご主人はわが国の重要なプロジェクトに関わっていました。デリケートな情報を知っているだけに、犯罪組織の手に落ちるのは是が非でも避けねばならない。それでわたしがここに派遣されたわけです。あなたに協力して彼の居場所を突き止めるために。また、あなたにもわれわれに協力していただくために。おわかりいただけましたか？」

「何となくは」

別の思いが雪崩のように押し寄せる。ワシントンで過ごした歳月について、マーティンから詳しく聞いたことはない。そういう時期があったと口にしただけだ。嫌な思い出でもあるかのように、不品行な昔の女のことは妻には内緒にしておきたいとでも言いたげに。

すると、ニコラス・アレンは突然話題を変え、わたしをさらに啞然とさせた。

「動画を最後まで観ていただけませんか、奥さん」

「何ですって？」

「苦しめるためにではありません。信じてください。ご主人があなたに贈ったメッセージを解釈するためにです」

「わたしにメッセージ？　動画の中で？」

両手に軽い痙攣が舞い戻ってきた。

「そうです、あなたにです。観たくありませんか？」

スリープ状態が解除されてｉＰａｄの液晶画面が発光し、わたしたちがいるカフェテリアの片隅を青く染めた。アレン大佐はパネルに触れると、映像を7分後まで先送りした。わたしは両手でみぞおちの辺りを押さえた。そうすることで感情が抑えられそうな気がしたからだ。夫の汚れた顔が映し出されると、わたしはよりひどい事態に備えて覚悟を決めた。

最初に聞こえてきたのは、強いアクセントの英語で命じる男の声だった。

〈名を名乗れ！〉

気短そうな声が叫ぶ。画面に映っていない人物が発しているらしい。

〈聞こえないのか？〉と急かす。〈名を名乗れと言っているんだ！〉

ようやく聞こえたという感じで、マーティンは視線を上げる。

〈マーティン・フェイバー、科学者で……〉

〈家族に伝えたいことはあるか？〉

夫はうなずいた。命じる声はｈとｓの発音に特徴があり、映画『レッド・オクトーバーを追え！』に出てくるロシア人みたいな話し方だ。夫は再びカメラを見ると、わたしのためだけに撮影させたという様子で語り出した。

〈フリア。ぼくらはもう会えないかもしれない……もしも無事に戻らなかったら、こんなふう

9

にぼくを思い出してくれ。きみという伴侶に恵まれ、幸せなやつだったと……〉

涙がひと滴、わたしの頬を静かに伝って落ちた。夫がわたしたちの愛の証《あかし》を両手に握り締めているのが見て取れた。わたしたちの人生に思いがけぬ意義を——少なくともわたしには——もたらしたものだ。映像に何らかの障害が発生したのか、音声が揺らぐ。

〈……時間を無駄にすれば、すべては失われてしまうだろう。ぼくらがともに見つけたものも、ぼくらの前に開けていた世界も、何もかも。ぼくのために闘ってくれ。きみの能力を使って。どうか覚えておいてほしい。ぼくらのものを奪おうとするやつらに、追われたとしても、つねに再会への道をきみは見とおすだろう〉

動画はいきなりそこで切れた。

「続きはないの？」吸っていた酸素を奪われたような気分で、わたしは尋ねた。

「ここで終わりです」

わたしは混乱に見舞われ、茫然自失となっていた。再びアレン大佐の手のひらがわたしの両手を包み込み、先ほどよりもしっかりと握り締める。

「残念です……」とつぶやく。「本当に残念でなりません」

ところが大佐は、なぐさめの言葉もそこそこに、突拍子もないことを質問してわたしを困惑させた。

「ところで、あなたの能力とは、いったい何のことですか？」

10

ミゲル・パソスとサンティアゴ・ミラスは、サンティアゴ・デ・コンポステーラ署に配属されて1年の新米巡査だ。警察学校をともに優秀な成績で卒業し、サンティアゴのような落ち着いた都市での勤務を謳歌していた。自治政府が幅を利かせ、スペイン北部からの人口流入が絶えないとはいえ、これといった大事件も発生していなかった。

大聖堂の西側正面、つまり栄光の門に通じる石段付近を見張るよう、フィゲーラス警部から命じられたふたりは、先ほど起こった現象を前に、陽気な気分で警戒に当たっていた。分隊を緊張させた発砲もだいぶ前にやみ、すっかりリラックスしていた。神のご加護か、大聖堂は火災で焼失することもなく、銃撃戦による負傷者も出なかった。だがそのまま警戒を続け、不審な動きを見逃さぬよう申し渡されていた。拳銃を持った男が1名、現場から逃走し、オブラドイロ広場につながる狭い路地のどこかに潜伏している恐れがある。容疑者発見と身柄の拘束が目下の最重要課題だ。

10

「オスタル・デ・ロス・レイエス・カトリコス」の玄関先には何の異常も認められなかった。いつものようにこの時間帯には、ホテルの入口は厳重に施錠され、外灯が大聖堂やラショイ宮殿のファサードにほのかな明かりを投げかけている。しかも、土砂降りの雨がわが物顔で降っていて、パトカーの中で待機せざるをえなかった。通行人が突然攻撃に転じても対処できるよう、サン・フランシスコ通りの角に停めた車内から目を光らせていた。

午前2時40分、まさかの事態が発生した。

最初は細かな震動だけで、乗っていた日産エクストレイルが揺れたが、雨足が強まったためだと思い、ふたりとも黙って顔を見合わせるにとどめた。ところが突然、うなりとともに大地が揺れ出し、ふたりの巡査は座席の上で飛び上がった。

「何だ、何だ、この揺れは……？」パソスがつぶやく。

「落ち着け。警部が応援を頼んだヘリコプターだろう」とミラス。

「なるほどね」

「こんな深夜に飛行するなんて、勇気があるよな」

「まったくもって同感だ」

うなりは激しさを増し、広場の敷石の上にできた水たまりが、小さな流れとなって空へと吸い上げられていく。

「サンティ……」フロントガラスに顔を押しつけるようにして外を見るパソス。彼の目に、降下してくる飛行機の姿が映る。「あれ、本当に市警《うち》のヘリコプターか？」

機体上部にこれまで見たこともないようなふたつの回転翼、尾部に船のスクリューのような三つめの回転翼を持つ、全長15メートルほどの黒塗りの巨大な鳥が眼前に舞い降りた。２トンはありそうな巨体が、広場の敷石の上にずしりとのしかかる。

回転翼が止まると、耳をつんざくような風切り音が辺りに響き、ふたりは耳を塞がざるをえなかった。

「誰だよ、軍に応援なんか頼んだのは？」不快感をあらわにパソスがつぶやく。

相棒は聞いていなかった。傍らに目を釘づけにしている。

長い髪をひとつに束ねて、右目の下に傷痕のある男が、車の窓を叩いている。ミラスはウィンドウを下げて応対した。

「はい？　何かご用で……」

最後まで問いかける余裕はなかった。

風切り音に混じって乾いた銃声が2発鳴り、ふたりの巡査は後頭部をヘッドレストに打ちつけた。男が手にしたシグ・ザウエルの最新型拳銃によって、気づく間もなくこの世から葬り去られたのだ。処刑人が十字を切り、再び歩き出す前につぶやいた「Nerir nrants, Ter, yev qo girkn endhuni !」という呪文のような、未知の言葉を聞くこともなく。

11

「事情を話せば長くなります。一刻を争う事態なのに、いまここでそれをお話しするのが、いいのかどうかわかりません」と口をつぐむわたし。

ニック・アレンは深刻そうな表情で、コーヒーを勢いよく飲み干すと、椅子の背もたれに寄りかかった。大きな両手をテーブルに載せる。

「いいでしょう。話すかどうかは、これから申し上げることをよく聞いてからお考えください。ご主人は命がけであなたにメッセージを送った。誘拐犯たちの脅迫ビデオを逆手に取ってです。しかも警告まで発している。あなたもお気づきになったとは思いますが」

確信していたわけではなかったが、わたしはうなずいた。

「数時間前、ワシントンで映像を目にした際」ｉＰａｄを撫でつつ、アレンが語る。「わたしは彼が、誰かに所持品を奪われる可能性があると、注意しているように受け取りました。そこまでして守るべき価値あるものを、あなた方はお持ちなのですか？」

アレン大佐は答えはすでにわかっているといった顔で、返事を待たずに続けた。

「実際、あなたにも危険が迫っている、ご主人がそう判断したのは間違いではなかった」

わたしはびくっとして両目を見開いた。

「大聖堂にいたあの〝修道士〟は、わたしが目当てだったと……？」

「それ以外にありえないでしょう？　あなたを誘拐しに来たものと、わたしは確信しています。相手と言葉を交わしましたか？　何か言っていませんでしたか？」

「マーティンの名を」

「何語で？」

「そんなこと、知るもんですか！」と、わたしは噛みついた。「何を言っているのかさえ、意味不明だったんだから!!」

「わかりました。その件はもう結構ですので。少しずつ糸口を探っていくとしましょう。差し支えなければ、最初の質問にお答え願えますか？」

話題は振り出しに戻った。

「仕方ないわね」わたしはため息をつく。

「動画の中でご主人が言っていた〝能力〟とは何ですか、ミセス・フェイバー？」

「霊視です。わたしには霊視能力があるんです、大佐」

重荷を下ろすようにして考えもせず口にした。何の前置きもなく相手の望みどおりに。もっ

11

とも、予想どおりニコラス・アレンは怪訝そうな顔をした。その反応はこれまでに打ち明けた人たちと同じだ。

「確かに、長丁場になりそうですね……」と言うと、肩をすくめる。

彼が言葉を続ける前に、わたしは口を挟んだ。

「家系に特有の限性遺伝で、母も祖母も持っていました。記憶している母方の親戚の女性たちにはみな、その能力がありました。遺伝子上の欠陥だと思って、薬で抑えようとしたこともありましたが、まったく効きませんでした。一度だって自慢したことはありませんし、人前で使って見せたこともありません。なのにマーティンは見抜いた。なぜかはわかりませんが、わたしをひと目見て能力に気づき、それと共生していかれるようわたしを助けてくれたんです」

「具体的には、どのような力なのですか？」

「説明が難しいんです、ミスター・アレン」そう言ってわたしは紙フキンを指先で丸めた。落ち着かなくなると決まって出る癖だ。「たとえば何かを手に取ると、その物の履歴が見えてくる。以前どこにあったのか、持ち主がどんな人だったかがわかるんです。サイコメトリーと呼ぶ科学者たちもいます。それだけでなく、ある条件下で自分のまったく知らない言語を話し出すこともあります。一度、祖母の誘導でトランス状態に陥った際、完璧なラテン語でしゃべったそうです。異言、あるいはゼノグロッシーというのだとか。マーティンと出会ったおかげで、わたしはそれらの力を受け入れ、恐れなくなりました」

「何をきっかけに？」

「きっかけ……って、どうやってわたしたちが知り合ったか？」

アレンはうなずいた。

「それも必要な情報なんですか？」

「おそらくは」

「いいわ、お話しします」わたしは嘆息した。「もう何年も前になりますが、マーティンはサンティアゴ街道の一巡礼者として、わたしの住んでいたコスタ・ダ・モルテのノイアを訪れました。当時わたしは村の教会で観光ガイドとして働いていて、彼を案内し、すぐに意気投合しました。やり取りするうちに、彼はわたしの人生に起こったことを、言い当て始めたんです。仕事上のこと、友人関係……プライベートなものごとを何もかも。最初は一種のトリックではないかと勘繰りました。ただ単にこの巡礼者はわたしを引っかけたいだけだと。でも、そうではなく、それは超能力だったんです。何ら特別なことではなく誰にでもできると、彼は言いました。人間には本来その能力が備わっていると。彼は訓練で自分にできるようになったことをすべて説明してくれると約束して……村に滞在している間に、わたしのことをだんだん好きになって……よくある話でしょう？」

　軍人の瞳に不満の陰りが映るのを見て取った。これまで何度もお目にかかっている。この話をすると、いつだってそうだ。しかし、とにかく続けることにした。

11

「夫を見つけ出すと約束してくれるのなら、わたしの能力についてのすべてを打ち明けます。その代わり、何としてでも彼を救ってください」

アレンは初めて同情的なまなざしを見せた。白髪交じりの眉を弓なりに上げ、打ち解けた表情を覗かせる。

「お約束します」と受け合う。「そのためにわたしはここにいるのですから」

そしてこれまでになく親しげな口調で、こうつけ加えた。

「すべてには、マーティンが握っていたペンダントのようなものについても含まれる？」

「知りたい気持ちはわかりますが、わたしのしたいように説明させてください」

「承知しました。何からお話しくださいますか？」

「霊視のことから」

「了解です。どうぞ」

「霊視はよく透視と混同されますが、正確には同じではありません。ご想像がつくと思いますが、こういったものごとは極力表に出さぬようにしておくべきことです。大学を卒業するまでわたしは、同級生や教師たちに自分の状態を隠しとおしてきました。美術館や歴史的建築物を見学するたび、わたしの目にはビジョンが見えていました。最初は皮膚の感覚で、何かが起こる予感がします。その後、絵画という絵画が、画家やモデル、描かれた時代、出会ったこともない人々に関わる秘密をわたしに囁きかけてきて、鮮やかに場面を再現してくれます。霊視しただけで、異言語で刻まれた銘文が解読できたり、彫刻全体に込められた意味がわかったりする。そういったことを打ち明けても誰も信じてくれない。その時の寂しい気持ち、想像がつきますか？　物質中心の合理主義の世の中で、ほかの人々にはない能力を持っていることが、どんな弊害を生み出すか、理解できますか？　その能力があるがために、わたしはいつも自分がおかしいと感じて生きてきました。聡明かもしれないけど、正常ではないと。何らかの方法でその能力を抑制しなければ、いつか気が狂ってしまうに違いないと感じていたんです」

「そしてその能力に、マーティン・フェイバーが関心を持ったと？」

「それはもう大変なものでした」

「なぜだかわかりますか？」

「さ、さあ……」

「隠しごとはなしですよ」わたしのためらいを読み取ったアレンが微笑む。「マーティンを見つけ出すとお約束したでしょう？　それにはあなたの協力が必要だ」

「門外不出の秘密なので」

「ほかにも家系の秘密が？」

「フェイバー家のです」

「どんな？」

「先ほどの動画の中で彼が手にしていた石は、途方もなく強力な物体なんです。原子力と同等

11

のエネルギーを秘めた」

アレンはこれまでになく鋭い目つきでわたしを見たが、動じることはなかった。

「結婚式の前の晩、わたしは初めてそれを知りました。長い長い経緯《いきさつ》があるので……説明したら夜が明けてしまうかもしれません」

「一向に構いません。聞かせてください」

12

すっかり夜も更けていたが、アントニオ・フィゲーラス警部は一旦署に戻ることにした。面倒な調書を作成し、大聖堂から逃走した容疑者の逮捕状を請求するためだ。旧市街には、人っ子ひとり見当たらない。プジョー307につけた回転灯を回し、フォンセカ通りを行きとは逆方向に下っていく。パトロール隊にカフェテリア「ラ・キンタナ」にいる目撃者から目を離さぬよう命じ、アメリカ人との話が済み次第、自分のデスクまで連れてくるよう頼んでおいた。

「場合によっては、奴には拘置所で寝てもらう」と告げて。「彼女の方は、大聖堂で起こったことがはっきりするまで、警察《うち》で保護せにゃならん」

大聖堂の尖塔がそびえ立つ丘から離れる直前に、オブラドイロ広場の横を通りかかったフィゲーラスは、中央に止まる紡錘形の巨大な物体を目にした。ワイパー越しに、自分が依頼したヘリコプターだと推測する。吹き降りが激しいので、大気の状態が安定するまで、飛び立つのを控えているのだろう。

12

〝そのほうが得策だ〟と、ほっとしながらひとりごちた。

歴史地区を背にし、ロドリーゴ・デ・パドロン大通りを経て、市警本部の地下駐車場に滑り込んだ際、フィゲーラスの頭にある考えがひらめいた。ひょっとしてあの騒動には、フェイバー夫妻の魔よけ石が絡んでいるのではないか。それが真相の鍵であるに違いないと直観した。何者かがアルバレス女史を事件に巻き込んだのは、彼女の大切な所持品を盗もうとしたからだ。命よりも大事な価値のある、税関申告によれば200万ポンドもするものだ。

「16世紀の宝石？」寝ていたところを叩き起こされ、捜査への協力を要請された専門家は、電話の向こうで疑わしそうな声を上げた。

「そうだ、マルセロ。英国産の舶来品だ。エリザベス朝時代の代物だとさ」

マルセロ・ムニスはサンティアゴ一の著名な宝石商だ。ガリシア地方で取引された特殊な宝石は、必ずといっていいほど彼の目に触れていた。

「そういったものは見かけたことがないな」確信に満ちたプロの口調で答える。「持ち主の名前はわかる？」

フィゲーラスは名を伝えた。

ムニスはノートパソコンを起《た》ち上げると、手際よくデータベースと照合する。数分後に返ってきたのは、期待外れの回答だった。

「おあいにく様、フィゲーラス。ここへは来ていないよ。きっと売り物ではない……」

「だろうね」と同意する。「ひとつ訊くが、おまえがイギリスからスペインに引っ越すとして、そういったもんを持っていたら、税関申告なんかわざわざするかい？」

「もちろんするよ。保険のために」と迷いもせずに即答した。「貴重品を外へ持ち出す際、紛失時に保険でカバーしようと思ったら、事実を証明する書類が必要だもの」

「そういった財産持ちだったら、あくせく働くか？　下々《しもじも》の者たちと同じく、夜遅くまで残業なんかしてさ？」

「そうねえ」鑑定士は思案した。「人目を引きたくないんじゃない？　金銭的な価値だけが宝石の価値じゃないからね。宝石を秘蔵する人にその動機を訊いたら、市場での評価額以上に驚くかもしれないよ」

「そうかあ……」フィゲーラスは少々がっかりしてため息をついた。途端に疲労が一気に押し寄せる。「明日調べてみるとするよ」

　そこで電話を切った。

13

長くなるとわたしは忠告した。にもかかわらずニコラス・アレンは、腰を据えて話を聞く態勢を整えた。もう1杯濃いコーヒーを頼み、キッチンに残っていたつけ合わせのロールパンを片っ端から平らげた。警察沙汰では仕方がないと、ウェイターも観念したらしい。店先には治安警備隊と市警の車両が控えている。事が終わるまで、カウンターの向こうで待機するよりほかない。

「どこからでもご自由に」

「あの石を初めて見た日のことから話そうと思いますが」

「ええ、どうぞ」

「結婚式の前日……」

マーティンはいつになく興奮していた。2005年6月末日、初夏の朝、ロンドン・ウエスト・エンドのホテルに到着したわたしたちは、挙式までのんびり過ごす余裕があった。式の会場は、ウィルトシャー州にあるノルマン人が建てた小さな教会で、ロケーションは抜群。ほんのひと握りの列席者だけを招いた、シンプルな略式結婚式だった。

式を執り行なうのもマーティンの家族と親しくしている友人神父で、こちらの意向はすでに電話で伝えてあった。

結婚式に関しては、マーティンに全部任せていた。

彼は万事うまく運んでくれた。わたしの好みに合わせて。世界を思いのままに作り替えることのできる陶工のように。

わたしはその数週間前、マーティンにプロポーズされたばかりだった。何もかも捨てて、ぼくについてきてほしいと。大好きな彼からそう言われて、どんなに嬉しかったか。ガリシア自治州政府の学芸員採用試験、両親、女友達、コスタ・ダ・モルテの小さな石造りの家、ケルト伝説のコレクション……彼のためならすべてを捧げても惜しくはなかった。

「ばかげたことだと思われるかもしれませんが、大佐。夫と出会う少し前に、人生で望むものを手に入れるため、宇宙に手紙でお願いする方法を何かで読んだんです。文字化することで思考が整理され、願いが叶いやすくなると」

13

29歳の誕生日に、わたしはそれを決行した。恋人が欲しい。善良な男性と出会いたい。人生という名の冒険をともにする伴侶を得たいと。ノートの見開き3枚分に条件を挙げた。
《わたしの自由を尊重できる、誠実で優しく、寛大で気さくで夢のある、名誉を重んじ、何といっても心が清く、目と目で通じ合え、素敵な言葉でうっとりさせてくれる男性》
手紙を折りたたんで白檀の箱に収め、タンスの裏に隠した。マーティンがノイアにやってきたのは、そのことをすっかり忘れた頃だった。

「覚えていれば、すぐに気づいたかもしれなかったのですが」

巡礼者のぼろ服の上に、世界一表情豊かな笑顔が光っている。完璧なまでに魅力的な若者が、自分で記した理想の恋人像と合致していることに、しばらく気づかなかった。
実際、彼と過ごしていると時間があっという間に経ってしまい、10ヵ月後には教会の祭壇へとふたりで向かっていた。マーティンは米国での仕事を辞め、わたしも職を捨てるのをいとわなかった。
結婚式の前日、サンティアゴからヒースローまでの機内で、彼は挙式のために選んだ場所の写真を数枚見せてくれた。すべて内緒で準備していたものだ。期待どおり、彼の見立ては完璧だった。ツタの絡まる塀に囲まれた、小ぢんまりとした石造りの礼拝堂。玄関先には祝賀パーティーを催す予定の、落ち着いた雰囲気に溢れる庭園墓地が広がっている。新婚初夜を過ごすことになっている宿屋までが、驚くほどコンポステーラ風だ。

「偶然ではなく、マーティンの配慮だったんです。ガリシアから遠く離れても、わたしがアットホームな気分に浸れるようにと」

その日の午後、わたしたちはロンドン市内でタクシーを拾い、市の南西へと向かった。わたしにどうしても見せたい大事なものがあるという。マーティンはドライバーに道順を指示し、人通りの少ない郊外の大通りをいくつも抜け、リッチモンド・アポン・テムズ特別区のモートレイク通りのとある番地で降車した。イラン人地区、中国人地区、インド人地区を通り過ぎ、目的地に到着した時──閑静な住宅地にある赤レンガ造りの4階建ての近代的なビル──わたしはちょっぴりがっかりした。どこかロマンチックな場所でディナーでも楽しみながら、将来について語り合うのかと思っていたからだ。しかしその午後、マーティンの頭は別の事柄でいっぱいだった。

道端で突然彼は、「ジョン・ディーについて聞いたことはある？」と訊いてきた。

「あなたのご親戚？」

「まさか！」とわたしの推測に噴き出すマーティン。「きみほど賢いスペイン人女性なら、知

13

っていると思ったんだがなあ」

「だって、知らないものは……」

「いいから、気にしないで」と言うと、誰かに聞かれてはまずいとでもいうように声を落とす。

「魔術師だったディーはエリザベス1世のお抱え天文学者でね。当代きっての神秘学者と目されていた。実際、同時代で彼に匹敵するのはノストラダムスぐらいのものだった。それに彼はきみと同じ能力を持っていたんだよ」

「また魔術の話？　わたしはてっきり……」

ぼやくわたしを横目で見て、思い詰めた表情を見せるマーティン。

「いまだからこそ、どうしてもしなくちゃならないんだ」

「まったくもう」と、わたしは嘆息した。

「ふたりの間で時々いさかいになるのは、決まって彼の神秘主義に対する執着が原因でした。夫はわたしがついていかれないほど、その手のことにのめり込んでいたんです」

当時はまだわたしも、サンティアゴ街道の神秘学的象徴に関する著作は書いておらず、少しでも神秘めいた色が感じられるものは敬遠していた。そのことを考えただけで虫唾《むしず》が走った。いまわしい幼少期の体験のせいで、物理の法則から外れる現象の存在を認めたくなかったのだ。

自分の能力を葬り去ったとみなしていた時期でもあり、そういった類《たぐい》のできごとはみな、迷信かまやかしだと考えるようにしていた。家庭で教えられてきた土着の風習には反発するのが、ごく自然な反応だと思っていた。

「マーティンはハーバードで博士号まで取って、科学者としてのメンタリティーを持っているはずなのに、錬金術、占星術、予見や霊媒といったものごとを、まるで信仰の教義のように受け入れていました。〝科学以前の科学〟の基盤だと主張して。たとえば錬金術師は現代の原子物理学よりもずっと昔に原子の構造を突き止めていたが、倫理的にそぐわない人物に悪用されぬよう、それらの知識を暗号や隠喩で隠していたのだと」

一方、わたしはその手の事柄を追い求めることを相変わらず拒み続けていた。

「頼むよ、フリア」とわたしの両肩をつかみ、拝み倒すマーティン。そんな彼を見るのは初めてだった。「今回だけだから」

「本当に今回きりよ」

「到着する前にジョン・ディーについて教えておくよ。16世紀の偉大な数学者、地図学者、哲学者。よきカトリック教徒で、きみと同じく、超自然的なものごとには懐疑的だった。ユークリッドの著作を英語に翻訳してね。幾何学を初めて航海術に応用して、女王陛下の海軍に多大

13

な貢献をした。イングランドが大帝国になれたのは、彼のおかげと言えるかもしれないな」

「そんな昔に亡くなった魔法使いが、どうして重要なの、マーティン？」

「ぼくはジョン・ディーのある面に惹かれてね」問いには答えず言った。「いまだ謎とされているんだけど、彼は天使たちと交信するシステムを開発したんだ」

わたしは呆気に取られてしまった。わたしの夫になろうという時に、いったいこの人は何を言い出すのか？　と。

「信じてほしい、フリア。せめて可能性だけでも」と懇願する。「1581年、いままさにきみが渡ろうとしているこの道を、人知れず生身の姿をした天使が通ってジョン・ディーの前に現れ、自分たちとコミュニケーションを取る方法を伝授した。その日を境に科学者ディーは、天使たちの召喚者となって驚異的な知識を得るようになる。それらの知識が科学と歴史を一変させ、後に到来する産業革命に多大なインスピレーションを与えることとなったんだ」

そう語るマーティンの瞳は、興奮で輝いていた。そんな彼を止めることは、わたしにはできなかった。

「きみがまだ知らない、家族の一員と認められた者にしか打ち明けない秘密がある。ジョン・ディーの死後、うちの家系は彼の蔵書や魔術を受け継いできたんだ。もっとも、天使たちを呼び出す能力の方は、ほとんど失われてしまったけどね」

「あなたの家族が天使を呼び出す？」わたしはますます仰天した。「まさか本気で言っているの？」

「そのために努力してきた先輩方を紹介するよ、chérie《シェリー》（いとしい人）。そうすれば、ぼくがきみをここへ連れてきた理由がわかるだろう。ちょっとでいいから辛抱と……信仰心を持ってほしい」

14

オブラドイロ広場に着陸したヘリコプターは、通常のタイプではなかった。世界にたった3機しかない試験段階の試作機で、最悪の気象条件下でも航行できる技術を持ち、防弾加工された装甲と重火器を備えていた。けれども、その最大の利点は別のところにあった。上昇限界高度は5000メートルを優に超え、巡航速度も時速500キロを誇り、航続距離が12時間というヘリコプターの常識では考えられない性能。特殊な合金で覆われているため、暑さ寒さの極限にも耐えられ、世界一精巧な電子機器類が搭載されていた。

その〝怪物〟には機体番号も飛行計画もない。少なくとも公式には存在しないものだからだ。当然ガリシア地方で知っている者など誰もいない。ヨーロッパの端から端までを難なく横切り、ほとんど使用されていないフェルベンサ・ダム近くの滑走路に降りて、時機をうかがっていた。

かすかな電子音とともに機体側面が口を開け、市警の捜査官2名を始末した男が、びしょ濡れのまま飛び乗った。彼の後ろでハッチが閉まる。

「いったい、どういうことだ？」

機内にいた壮年の男が彼を迎えた。日に灼けた顔、手入れの行き届いた長い口ひげ、黒く鋭い瞳、射抜くような厳しい視線。威厳に満ちたその姿を前に、到着した男は武器を下ろすと、ひざまずき、母語のアルメニア語でぼそぼそと報告した。

「ああするしかなかったんです、sheikh《シェイク》」

尋問者は沈黙を保つ。

「彼らを消さねばわたしが捕らえられ、作戦が水の泡になるところでした。申し訳ございません、尊師」

「いいだろう……」師はようやく口を開き、祝福を与えるようにして男の頭の上に片手を載せた。「ところで、大聖堂の方は？　女を……見たか？」

若者が涙ぐむ。

「あなたのおっしゃったとおりでした、シェイク」息切れしながら答えると、視線を床に落とす。「あの女です。〝箱〟を始動させたのは彼女に違いありません。大聖堂の中で、本人は気づきもせずにやりました」

「気づきもせずに？」

「自分の力を意識することなく、です。尊師」

その情報に動揺しつつ、シェイクは弟子を見据えていた。

14

〝こういう場合、父祖たちだったら何と言っただろう？　この現実をどのように受けとめるだろうか？　われわれの最も神聖な聖遺物のひとつを、操る力を備えているのが外国人の女だと知ったなら——〟

幸い彼は、祖先たちとは似ても似つかぬ外見をしていた。「太古から地上に伝わる信仰のひとつを継承する、最も謎に包まれた集団の最高統率者」と聞いて、誰もが想像するような容貌ではなかった、むしろ医学的検査の結果を、じりじりと待っている医師という感じだ。

「石についてはどうだった？」声を荒らげることなく質す。「所持しているか、わかったか？」

「できませんでした、シェイク。調べる前にあやつらがやってきて」

「あやつら？……」師のまなざしが急激に曇る。「それは確かか？」

若い弟子はうなずいた。

「アメリカ人たちめ……」

師は若者の頭から手を離すと、自分の目を見つめるよう命じた。顔つきが変わっている。目をかっと見開き、瞳孔までもが開いている印象だ。

「しからば同志、われわれに代案はない」と重々しく告げる。「悪に先を越される前に介入しなければ。準備に移るのだ」

15

「それから何が起こったのです？　あの石を初めて見た日のことをお話ししてくださるとおっしゃいませんでしたか？」

ニコラス・アレンがじれったそうに新たな問いを投げかけた。わたしと石とのつながりを特定することが、捜査にとって死活問題だとでもいうように。

「これからお話しします」心ならずも推理小説のような口調になる。「全容を知りたいならば、ひとつひとつ説明していくしかありません」

「それは当然です」と忍従する。「続けてください」

ディーに関する計算ずくの演説をぶったあと、マーティンはわたしをモートレイク通り9－16番地にあるアパートまで連れて行った。白いアルミ扉の前でわたしは面食らった。戸口に掲げられた青い金属プレートには、白い文字で《ジョン・ディー・ハウス》と書かれていたから

15

「ここだよ」

「ジョン・ディーの家？」

智天使《ケルビム》のようなマーティンの顔がいたずらっぽくほころぶ。その日、彼のご機嫌は上々だった。わたしを見る時ですら、口元にえくぼができていた。

「何をためらっているの？　さあさあ、入った、入った！」

階段を2段飛ばしで2階まで上った。明るく広い、風通しのいい通路にほっとする。交霊術師の家だった頃の面影は残っていないみたい。そう口にしようと思った瞬間、一室の玄関扉が目の前で開いた。

「マーティン！　会いたかったわ!!」

中から出てきた家主が、いきなり彼に抱きついた。60歳前後の世話好きそうな女性で、白髪混じりのブルネットの長い髪、入念なメイク、黒いブルゾンに宝石のちりばめられたサンダルといういでたちだ。

「待ちわびていたのよ！」

「お久しぶり、シェイラ！　相変わらずきれいだね」

マーティンとシェイラ・グラハム——彼女の名前は、玄関ドアにあったふたりの天使のモチーフがついた金色の表札で確認した——は延々と抱き合っていた。

「こちらがもしや……」

「フリアだよ、おばさん」マーティンが紹介する。「明日からは晴れてフェイバー夫人だ」

「素敵な赤毛だこと」ヒューと口笛を吹くと素早く視線を走らせ、わたしの着ていたプリント柄のワンピースと、そこから伸びた脱毛したての脚をチェックした。「いい女性《ひと》を選んだじゃないの！」

わたしは悪い気がしなかった。

シェイラは雰囲気も話し方も、まるで映画『インディ・ジョーンズ／最後の聖戦』で、ハリソン・フォードに木製の杯を渡した〝聖杯の守り人〟みたいだ。そしてやはり映画のシーンのように、秘密を共有するような笑みをわたしに投げかけてきた。

彼女に先導され、薄暗く長い廊下を歩く。実際、彼女の家はとっても素晴らしかった。古書がぎっしり詰まった二重スライド書棚の前を通り過ぎ、表通りに面して光に溢れた、静かな居間に通される。そこでは男性がひとり、わたしたちを待っていた。

見た目は若そうで、背は高いが小太りで、ピンクがかった肌に癖のある髪とひげの男性で、年代物のウイングチェアに深々と腰かけている。わたしたちが部屋に入ってくると、読んでいた本から顔を上げ、まっすぐにこちらを見つめた。

「やあ」とそっけない挨拶をする。「お好きな所へかけたまえ、ベイビー」

〝ベイビーですって!?〟

15

間を置かずに入った、〝聖杯の守り人〟・シェイラの紹介で、岩の上のトドのような男の名前が判明する。ダニエル・ナイトというのだそうだ。「預言者と同じ名よ」と、わざわざ彼女は強調した。

「わたしのことを、20歳も年下の若い男を囲う色年増《いろどしま》だと思っているなら、とんだ見当違いよ、お嬢さん」

図星を指され、わたしは赤面してしまう。マーティンと彼女が別の廊下を通って飲み物を取りに行っている間に、いま浮かんだばかりの考えを頭から消去した。

再び読書に没頭し出したダニエルという人のそばに座り、室内の様子を眺めて過ごす。およそ20平方メートルの部屋を二分し、北側をダイニング、南側を居間に使用している。背もたれの高い椅子に囲まれた長テーブルは万端にセッティングされ、歓迎のごちそうでもてなしてくれるらしい。窓際に置かれた飾り戸棚に、がらくたのコレクションがあれこれ並んでいる。ガラス越しに見た限りでは、パンフルートがひとつ、半透明の球体が1個、アラブ遊牧民《ベドウィン》の顔が彫られた長めのパイプが1本、隅には大きめの金属板がいくつも積まれ、黒ニス仕上げの化粧漆喰の人形が3〜4体……しかし、それよりもっと興味を引いたのは、居間の対面にある壁だった。布張りされた上に古い銅版画や写真が所狭しと張られている。そのいくつかに、若かりし日のシェイラの姿があった。とても魅力的な女性だったようだ。外国人のわたしでも知っている英国内の名所旧跡でポーズを取っている。アーサー王関連の書籍カバーでおなじみのグラストンベリー・トー（トールの丘）、大英博物館のファサード、ストーンヘンジの環状列石、ウィルトシャーのなだらかな丘陵に描かれた白馬の地上絵まである。それらの風景をバックに、白いチュニックで正装して風変わりな杖を持ったヒッピー集団とともに、シェイラはカメラに向かって微笑んでいた。

「ドルイドの祭司たちだ、ベイビー」近づいて目を凝らして見ていると、ダニエルに声をかけられた。「ジョン・ミッチェルも一緒に写っている」

「ふうん、ドルイドねえ」と、誰のことを話しているのか知りもせず、わたしは無邪気に復唱する。「シェイラはどんな仕事をされているんですか？」

ダニエルは読んでいた本から目を上げた。

「フィアンセから何も聞いていないのか？」

わたしは首を横に振る。

「ベイビー、われわれはオカルティストなのだ」

「オカルティスト？」一瞬、オクルティスト（眼科医）の聞き間違えかと思った。わたしは英語の聴解力不足から、時々ひどい取り違えをしでかすことがある。

「神秘学者だよ」と言い直す。「それも最高レベルのね」

ダニエルはこちらが何らかの反応を見せると期待していたらしい。けれども、きょとんとするわたしを見て、むしろ拍子抜けしたようだ。結局、家主たちが何者かを明らかにする役目は

15

マーティンが担うことになった。中東風のひと口ケーキが山のように積まれたトレーをみごとな平衡感覚で運んできながら説明する。

「フリア、ダニエル・ナイトはグリニッジ天文台で働いているんだよ。天文学者としてね。それにジョン・ディー研究の第一人者でもあるんだ。つい最近、天使との交信術に関するディーの解説書を出版したばかりで、目下、交信術に使用された言語を研究中だ。さあ、バクラヴァを召し上がれ。好きなのを選んで」

「ディーは科学者だという話じゃなかったかしら？」トレーの上の美味しそうなペストリーをつまみながら、わたしは皮肉った。

「そうだよ！　しかも偉大なね！　ルネサンス期と現代では科学の捉え方が異なっていたのを覚えていてほしい。科学分野の基礎的発見は、当時の錬金術師たちに負うところが大きいんだ。パラケルススは医学に実験的手法を取り入れ、17世紀の薔薇十字団の著述家ロバート・フラッドは永久機関を発明した。フランドルのヤン・バプティスタ・ファン・ヘルモントは〝ガス〟、英国のウィリアム・ギルバートは〝電気〟という言葉を考案し……」

「みごとな解説だ、マーティン」ひげもじゃ男が称賛する。

「彼女を納得させてよ、ダニエル。フリアったら、いくらぼくが言っても信じないんだ。世界の神秘学の歴史は学校の勉強なんかよりもずっと重要なのに」

「望むところだ、ベイビー」彼は喜んで挑戦を受けて立った。

「まずきみが理解すべきは、産業革命以前この国で科学に携わっていた者たちが、物質的な事柄よりも精神的な事柄に重きを置いていたということだ。手近な例を挙げると、アイザック・ニュートンはソロモン神殿の再建に全力を尽くしていた。彼の著作を見れば、神と唯一〝面と向かって〟対話することのできた古代の聖なる空間の再現に、どれだけ彼が心を砕いていたかがわかる。実のところ『プリンキピア』も古典力学も、彼にとっては重要度が低いものだった。それらはいずれも、高い目標に到達するための方法でしかない。神の言語は数字に基づき、神と会話したければ数学を学ばねばならないと考えた」

「ニュートンがソロモン神殿を再建する気だったって、本当ですか？」ハチミツとクルミでできた高カロリーの塊をどうにかこうにか飲み込むと、わたしは訊いた。

「それに関する著作も書いているし、われわれの手元には彼の覚書もある」とダニエルはさらに続ける。「どれもこれも、宇宙の偉大なる建築家との交信に費やした努力の結晶だ。ニュートンにとって神殿は、神を呼び出す一種の電話交換台だったのだろう」

「マーティンの話によればディーは天使たちと交信できたわけだから、ニュートンよりも神に近づいていたということね」とわたしは微笑んだ。

「侮辱はやめたまえ、フリア。アイザック・ニュートン卿ほど、天使たちを信じたお方はいない」

わたしは顔を赤らめた。

「別に侮辱するつもりは……」

15

「わたしに対してではなくニュートン卿への侮辱だ。この秘密を侮辱したくてたまらない輩《やから》は世の中にごまんといるからな。さて、人類の偉大な神秘は神との直接的な対話と大きく関わっている。契約の箱、聖杯、メッカのカアバ、いずれも神に近づくための道具にほかならない。ディー博士はその能力を手にした歴史上最後の人物だということを覚えておくように。天使たちとの交信のおかげで、彼は英国で類まれな名声を獲得した。すべてはいまわれわれがいるこの土地で達成されたことだ。それでシェイラはここに居を構えた」

「土地も重要？」

「その可能性は大いにある。天使の世界と人間の世界の橋渡しをしたディー博士の功績の、全部が全部解明されているわけではない。だからわれわれは、先人の土地に敬意を払い、天使と接触するためにこの場所を選んだのだ」

「ジョン・ディーが天使たちと会話したと、本気で信じているのですか？」

わたしの対戦相手が椅子の上でずっこけるのを、マーティンはにこにこしながら眺めている。「彼女には動かぬ証拠を突きつけないとだめらしい」自尊心を傷つけられたかのダニエルだったが、気を取り直して説明を続けた。「そういった高次の存在たちは、当時起こりつつあったできごとをディーに伝えた。過去も未来も含め、時間の中を自在に行き来できる天使たち。彼らと交信できるディーの能力をエリザベス1世は珍重し、彼の予言を必要として何度もここへ足を運んだという」

「それで、彼は占ったと？」

「占うというのは、適切な表現ではない」

「だったら」と言い直す。「予言した？」

「きみ自身で判断するのだな、ベイビー。ディーはスコットランド女王メアリーの斬首、スペイン国王フェリペ2世、神聖ローマ皇帝ルドルフ2世、そしてエリザベス1世自身の死までも予言した。それも確実にね。わたしは彼のことを傑出した未来学者だと捉えている」

「あのね、フリア」マーティンが間に割って入った。頭の切れる友人の冗談からわたしを守るかのように、わたしの隣に腰を下ろした。「ぼくの両親は20年前、ダニエルとシェイラおばさんに、ディーの生涯をしらみつぶしに調査するよう依頼したんだ。特に、彼が天使たちとの交信のために開発した装置についてね。両親は米国に移住したけど、シェイラとダニエルはロンドンに残った。その方が調査には都合がよかったからさ。ディーは天使たちから受け取った物体を扱える霊媒を少なくともふたり雇っていた。でも、それらを使ってどこまで正確に交信できていたかは、ぼくらにもわかっていない。何ていったらいいか、その物体は特殊なもので……」

マーティンは長い説明に備えて、そこでひと息入れた。

「見た目は単なるふたつの石ころだが、途方もない力を秘めている。衛星電話の一種と考えればわかりやすいだろう。おかげでディーは光学、幾何学、医学などの高いレベルの情報を入手し、時代に革命を起こした。ディー本人がその価値を確信し、それらの石をはめ込む召喚台、

15

いわゆる〝エノキアンタブレット〟の製作に全財産を注ぎ込んだ。スペイン人がメキシコから持ち帰った黒曜石の鏡を入手し、霊媒たちが天使たちのメッセージをさらに容易に受信できる特殊な石も収集した。天使とりわけ大天使ウリエルの指示に厳密に従い、古代以来途絶えていた天国との交信ラインを開設したのだ」

「でもマーティン、どうしてあなたの家族はそういうことに興味を持ったの？」わたしはだんだん胡散臭《うさんくさ》さを感じ始めていた。マーティンの顔から先ほどまでの微笑みが消える。その表情は厳粛なまでに真剣そのものだ。

「フェイバー一族がその手の宝石を収集していたから？」

シェイラは彼に答えさせなかった。ミントの香り漂う熱々のティーポットを運んでくると、その場から動けないようわたしたちの間に置いた。

「お嬢さん」と不意に話しかけてくる。「そんなことよりもいま重要なのは、ディー博士が天使との交信に使っていたふたつの石をわたしたちが持っているということなのよ。ほかにもいくつか出回っていて、大英博物館のヨーロッパ部門にも展示されているわ。でも、それらはわたしたちが持っているものほど強力ではない。わたしたちが保管しているのは唯一、正真正銘のディーのアダマンタなの」

「アダ……何？」

「ちょっと、マーティン！」女主人が笑いながらわたしの婚約者の背中を叩いた。「何も言わずに彼女をここへ連れてきたの？」

「そういう約束だっただろう？　ちょっとでも漏らしちゃだめだって」

「んまあ、感心な子ね！」と微笑む。

　人数分のアラブ風ティーカップにミントティーを少量ずつ注ぎながら、ダニエルが再び口を開いた。

「代わりにわたしが説明しよう」ミントティーをひと口すすり、バクラヴァをもうひとつ口に放り込んでむしゃむしゃ嚙み砕くと、話を続けた。「いいかね、フリア。ディー博士がわずかに書き残した覚書によると、それらの宝石は天使からの最高の贈り物だったという。宇宙に由来するもので、地上には存在しない物質だ。その意味では、アメリカ航空宇宙局（ＮＡＳＡ）が月から持ち帰った月の石と同じ状態だ。それらの石を彼に託す前に、天使たちはそれらが地上の楽園、すなわちエデンから採集されたものだと親切にも説明してくれたとのことだ」

　わたしは驚きの目で彼を見た。

「信じる、信じないはきみの勝手だ。しかし、マーティンの父上からそれらの石を預かって以来、われわれは驚くべき現象に見舞われ続けている」

「そうなんですか。それで？」

「まあ……ディー博士の覚書にあるようなことは起こっていないが、時々石たちが奇妙な変化を見せる。重さや色が変わったり、記号が浮かび上がったかと思うと、その後消えてしまった

15

り。おまけに、ダイヤモンドでもカットできないほど硬いのだ」

「でも、それらの石が天使たちとの交信に何の関わりがあるんです？」

「ディーが16世紀に行なったように、われわれも評判の高い霊媒たちの手にふたつの石を託してみた。そのうちの何人かは、石から音や光を引き出すに至ったが……」

「宝石学者は？　その道の専門家には見せないの？」

「それは別の領域だ」縮れたあごひげを撫でながら、ダニエルは謎めいた笑みを浮かべた。

「科学的な観点から石の秘密を引き出そうとする試みはことごとく挫折した。高度な霊的能力を備えた一部の者だけが好結果を引き出し、われわれの研究を前進させてくれた。われわれがきみに期待しているのは、まさにそのことなのだよ、ベイビー」

その言葉を発した途端、ダニエルの瞳孔が開くのが見えた。

「マーティンは」と言い加える。「きみがそのひとりだと踏んだ。つまり霊視者だと」

「わたしが？」

とっさに白《しら》を切ったが、心臓が高鳴った。いったいどういうこと？　罠だったの？　とマーティンに視線で質す。わたしが何年も、この手のものごとを避けていたのは知っているはず。なのに、どうしてこんな目に遭わせることができるの？　しかも結婚式の前日に。

「さて、フリア」ダニエルは落ち着き払って言った。「石たちとの対面の瞬間が来たようだ。きみにそれらを始動させる力があることを、われわれに示してくれ」

16

「要するに」とうとうこらえきれなくなってアレン大佐が口を挟んだ。「こういうことですか？　あなたはサンティアゴ巡礼道を旅して故郷の村にやってきた若者に恋をした。彼はあなたを魅了しただけでなく、あなたの秘密つまり霊視の能力に気づいた。しかしあなたの方は結婚直前まで、彼の秘密を知らなかった」

「おっしゃるとおりです」とわたしは答えた。「それがディーのふたつの石でした」

「それにしても、類まれな能力をお持ちのあなたが、気づかなかったなんて……」

「わたし自身が能力を否定して、使う気などさらさらなかったからです！　何としてでも封印しておきたかった。いつか消えてなくなるよう、どれだけ祈ったかしれません。偶然その力で何か素晴らしいことを直観しても、そのせいだとは考えないようにしてきました。理解しがたいことですか？　マーティンが現れるまで、わたしは普通の人間になりたいと切に願っていました。ほかの娘たちと同じ、ノーマルな女の子になりたいと」

16

「とても信じられませんね、奥さん」

「わたしだって信じられません！」とむきになる。「あなたがここへやってきて、見知らぬ男と撃ち合いになったことも！　相手は何もしてこなかったのに」

「危害を加えようとしていた。それは確かです」

大佐の冷静沈着ぶりが、わたしを正気に引き戻す。

「でも、わたしがいましているこの話が、本当にマーティンの救出に役立つんですか？」

「間違いなく」

「それなら最後まで話さないといけませんね。あの日、わたしとアダマンタとの間で起こったことは、ほんの始まりにすぎませんでした。あの日を境に、自分の力を肯定的に捉えられるようになったのは確かです。でも、使うべきではなかった……」

「そうだったのですか？」

「ええ」

「どうぞ続けてください」

17

　シェイラは、わたしが先ほど好奇心をそそられた飾り戸棚へ行くと、きらびやかな銀の装飾が施された木箱を持ってきて、わたしのティーカップの隣に置き、蓋を開けてみせた。特大のエメラルドがふたつ入っているという予想は外れた。赤いビロードの内張り布に、何の変哲もないひと組の黒い石が載っているだけだ。川床から拾い上げたばかりのようで、価値あるものという印象はどこにもない。いわゆる宝石と呼ばれる種類の石ではなかった。見た目はむしろ粗末な感じで、大きさは硬貨ぐらい。やや薄めで表面はなめらかだが光沢はなく、磨き抜かれたものでもなく、ほっそりとした腎臓のような形をしている。

「好きな方を手にとって、窓の方へ行ってご覧なさい、お嬢さん」

　シェイラに言われたとおり、大きめの方をつかんで窓辺に寄ってみる。

「光に透かして見てちょうだい」

　素直に従う。彼女は次の指示を出した。

17

「この手の石が太陽の光を受けると、活性化して時計回りに回り出すという霊媒たちもいるわ。ある特別な瞬間に、太陽光線が石の分子構造を変え、内部で何かが動き始めるのだと」

「本当？」

半信半疑で石をつまんで引っくり返した。特に何も感じない。半透明でずっしりと重みがあり、ほかの石と同じで死んだように動かない。

「もっとよく見て」と注意を受ける。「呼吸に合わせて石を回し続けるのよ、お嬢さん」

見れば見るほど単なる石にしか見えず、マーティンの友人たちが救いようのない変人に思えてならなかった。

「三つの可能性が考えられるわ」シェイラが重々しい口調で告げる。「何も感じないのは、この魔よけを受け取る心の準備ができていないから。この石が力を発揮し出すと、あなたの脳は曇らされ、一時的に意識が混濁するか……死に至ることもある」

「わたしを……殺す力があるの？」

わたしは苦笑しながら、一応は尋ねてみた。そのような脅威を感じさせるものではなかったが、シェイラの警告はわたしを戸惑わせた。

「ウザの逸話を知っているでしょう？」

「ウザ……？」

「旧約聖書によると、ウザは契約の箱の運び手だった。不幸にも彼はその聖遺物に関する知識がなかった。何があっても契約の箱には触れてはならないと、レビ族の神官たちから言い渡されていたのに、ある日ウザは禁忌を破ってしまう。契約の箱を移動させた際、箱を載せた車を引いていた牛が石につまずき、ウザはとっさに傾いた箱を押さえようとした」

「思い出したわ」石から視線を離さずに、わたしは続ける。「感電して死んだのでしょう？」

「そうよ。でも契約の箱に殺されたのではないわ」

「違うの？」

「契約の箱の中には十戒の石板が入っていた。神の掟が刻まれた石で、いまあなたの手にある石と同じ材質のものだった。だからあなたを殺すかもしれないと言ったのよ」

そう聞いて背筋が凍った。アダマンタに変化が見られた時、よっぽど石を箱に戻そうかと思った。何が起こったのかを、うまく言い表すことはできない。一瞬のきらめき、陽光を受けたプリズムが発する輝きのようなものを石に認めたのだ。石自体は半透明で縞もなく、光を反射するような光沢もない。困惑しつつも何も言わずに、再び石を目の高さまで上げて凝視した。すると、もっと別のものが見えてきた。石は一見粗末な外観の下に、特異なものをその瞬間まで表出させずにずっと保っていたのだ。陽光が斜めに当たると石の表面の一部が透けて、黒かった石が緑に変わった。たわ言かもしれないが、ディーのアダマンタが皮膚のようなものに包まれている気がした。非常に薄い被膜に覆われ、見方次第では、内部にある存在を垣間見ることができる。ナツメヤシの種のような形をしていた。

17

「何か見えたの、お嬢さん？」

愕然としながらうなずく。

「あなた方には見えませんか？」

自分の発見が信じられず、しばし石と格闘した。さまざまな角度から太陽の光が当たるよう石を引っくり返し、透明になる現象が目の錯覚であるのを確認しようと躍起になった。でも、何をやっても無駄だった。わたしは瞬時に、それを単なる小石とみなすのをやめ、ダイヤモンドのような価値ある石と認めるようになっていた。

わたしの後ろにはダニエル、マーティン、シェイラが控え、満足げに見つめていた。

「見えたのね？」

わたしは再びうなずく。

マーティンは感動を抑えきれなかった。ティーカップを傍らに置くと、左右の指の関節をぼきぼきと鳴らしている。それは興奮している時に、彼が決まって見せる仕草だ。

「だから言っただろう？」指を鳴らし終えると断言した。「フリアには力があるって」

「どうやらそうらしいわ」わたしの目をまっすぐ見つめシェイラは同意した。「おめでとう」

ところが言葉を返す間もなく、さらに別の現象が起こった。短かったが、もっと奇妙な変化だった。その時点では考えるゆとりがなかったが、気づかぬうちに石はわたしの人生を永久に変え始めていた。内部が透けて見えるその石が指の間で震え出したのだ。まるでバイブレーション設定した携帯電話のように。

驚愕するダニエルの顔が見えた。マーティンの顔も。しかしそのスパイラル状の動きは、さらなる現象の序曲でしかなかった。アダマンタが指から浮かび上がった。そして一瞬とはいえ鋭い稲妻のような光を発し、居間を照らして、わたしたちの影を壁に映し出した。

「と……飛んだ⁉」わたしは口ごもる。

「何てこった！」ダニエル・ナイトがうなる。「何をしたんだ、ベイビー？」

彼が言い終わらぬうちに、石はわたしの手に舞い降りた。熱くなっているが、もはや動いてはいない。再び死んだように静止している。

「知らないわよ！」と叫ぶ。「勝手に動いたんだから」

「反重力の性質を持っているとはな」ダニエルが囁く。

「やったわね！　マーティン」喜びに溢れ、シェイラが祝福する。「彼女こそ、間違いなくわたしたちが探し求めていた女性よ」

シェイラは鋭いまなざしでわたしを見たが、その後、満足げに顔をほころばせて言った。

「そのアダマンタはあなたが持っていてちょうだい。お嬢さん。石があなたに従うことがはっきりしたから。今後、あなたのお守りになってくれることでしょう」

18

異常はないかと尋ねる無線が車内で鳴ったのは、パソス、ミラス両巡査が死んで30分後のことだった。

プツン……と無線が途切れた。カフェテリア「ラ・キンタナ」前で警戒に当たっている市警の捜査官はその晩、二度めの不快感を味わう。ウォーキートーキーを手にした途端、付近一帯の電力供給が再度ストップしたのだ。

「ちくしょう、またかよ」うんざりした調子で口にする。

無線機までもが機能しなくなっている。捜査官にはわけがわからなかった。ノイズぐらいしないかと2~3回揺すってみたが、だめなものはだめだった。静まり返ったまま、充電不足のサインまで消えている。「そういえば……」と、捜査官は今宵が〝死者の日〟の晩であるのを思い出した。

「魔女のしわざか……」身震いしながらつぶやき、もしもに備えて十字を切る。

　そこからほど近いベネディクト会女子修道院の大壁の端、コンガ通りにある老舗のバー「オ・ガロ・ド・オウロ」の前に、三つの人影があった。武装した男たちの乗った2台の車両から目を離すことなく、次なる一手を計算する。

「二度と失敗は許されぬ」と小声で命じる。「何としてでも、あの女にたどり着け」

「石を持っていない場合は？」

　統率者は手下の問いに辛辣な口調で応じる。

「持っている、いないは関係ない。どちらも必要だ。女を抜きに、石だけ手に入れても、どうにもならぬ。いま射程距離にいるのが女の方だというだけだ」

「了解」

「同志が2時間前に大聖堂に入った際、〝箱〟がほどなく始動したのを忘れるな。あのような現象は人間触媒かアダマンタ、あるいは両方揃った場合にしか起こらぬ。双方が接近することで互いに反応し合うからだ。あそこにはそのどちらもある可能性が高い」と言ってカフェテリアの入口を示す。「しかも、われわれが所持しているものより強力だ」

「女がアダマンタを大聖堂内に置いたままにしていたら？」

　一瞬、沈黙が流れる。

「それはない」ともうひとりが反論する。「持っているなら肌身離さず携帯しているはずだ」

18

「どうしてそこまで言いきれる？　根拠を示せ」

「先ほどの現象を思い起こすのだ」手下同士の言い争いを遮る統率者。「女が近づいただけで発光が起こった。強力な仲介者を感知すると、〝箱〟は機能しようと周囲のエネルギーを吸い込むものだ」

「ほら、シェイクの正しさを証明する別の証拠があそこにも」と頭上を示す。天を仰ぐと冷たい雨が顔に突き刺さったが、男たちはこらえた。雨雲は見えなかった。頭上約5メートル、建物の軒《のき》の高さにあいまいな色調で光る、幻影のような燐光性の雲に覆われている。

「〝箱〟を始動させますか？」

シェイクはうなずく。

「確かめるにはやむをえぬ……今回は誰も殺《あや》めることのなきよう、祈るとしよう」

19

またもや停電に襲われる。ニコラス・アレンはｉＰａｄに触れ、スリープ解除して液晶画面の反射でテーブルを照らそうとしたが、動作しなかった。事態を察したウェイターが、カウンターの下にあるろうそくとマッチ箱を探し始めた。

「お持ちですか？」

状況が状況だけに、アメリカ人の言わんとすることがわからなかった。

「何を？」

「アダマンタを、ですよ」

あまりのしつこさに、わたしは呆れ返った。ウェイターが席まで運んできたろうそくに火を灯し、ふたりの間に置く。

「持っているとしたら？」

「それを使って……」シニカルに微笑む。「この場を少しでも明るくできるかと」

19

「あなた、わたしをばかにしているの？」

「誤解しないでください」と申し開きをする。「わたしはあなたとお会いするために、はるばるやってきたのですから。驚異的な力を宿す石が存在することは知っています。それについては米国政府も熟知しています。しかし一歩踏み出す前に、あなたがそのひとつを保持しているかどうか、確認を取らせていただきたい。メッセージの中でご主人は〝ぼくらのもの〟〝再会への道〟と言っていましたが、それはあなた方の人知を超える……つまりふたつのアダマンタを使って自分を探し出すよう伝えていると、わたしは解釈しました。あなたがどこかにそれを隠したと言っているのでは？」

大佐は持論を述べた。どうやら誤解を与えてしまったらしい。その責任はわたしにある。石のありかをわたしが知っていると勘違いする前に、はっきりさせておくべきだったのだ。誰にも明かす気がなかったこと、マーティンが出発する前にわたしに口止めしたことを。

「残念ですがアレン大佐、お探しの石は持っていないんです」

相手の探るような目つきに、納得させるだけの弁明の必要性を感じた。

「シェイラ・グラハムからアダマンタを託されて以来、いろいろあって」と続ける。「説明し出すときりがありませんので、マーティンと家族から訓練されている間に、それらの石がとてつもないエネルギー源だと発見したことだけお伝えします」

「うかがいましょう」

「どう表現したらいいのか、うまい言葉が見つかりません。非常に強力でありながらも繊細な性質のものとでもいうか。その潜在能力には夫も驚愕していました」

「それであなた方は石を……使った？　天使を呼び出すに至ったのですか？」

「当然、試してみました。何度も、何度も。そのお遊びにわたしが疲れきってしまうまで」

「疲れきった？」

詳しく説明する前に、カップに残った冷めたコーヒーを飲み干す。目の前の男性を信じてよいものか、まだわたしは迷っていた。

「そうです、大佐。わたしは疲れきっていました。マーティンと友人たちに連日のように疲弊させられて。彼らはわたしに、天使たちとの交信にどこで石を使ったらよいかを霊視するよう要求しました。来る日も来る日もふたつの石を見つめ、〝ポータル〟と彼らが呼ぶものが示されるのを待つようにと。隔絶された場所の方が神的なものとつながりやすいからと、何カ月間も一室に監禁されました。どれだけフラストレーションがたまったか、想像がつきますか？　自分が実験用のモルモットか、夫の捕虜にでもなったような気分で！　友人たちに地理座標を示されてはマーティンとそこへと旅し、サンティアゴに戻ってくるまで、ヨーロッパ中を飛び回っていました」

「それであなたは疲れきってしまった」

「でも」と含みを持たせる。「ほかにもわけがあって」

19

「というと？」

「プロテスタントの家庭で育ったマーティンは宗教に無頓着ですが、伝統的カトリックの家の出であるわたしはそうではありません。結婚後、頻繁に彼らと集まっては、ふたつの石を動かしたり、石にしるしを出現させたり、彼らの前でわたしがトランス状態に陥る試みまでするようになりましたが、わたしはだんだん恐ろしくなってきました。彼らのやっていることが悪魔のしわざに思われてならなかったんです。犯してはならない一線を超えて、自然界の未知の領域に踏み込んでいるのではないかと。それで……」一瞬ためらう。「アダマンタと向き合い続けて5年、彼がトルコへ旅立つ直前に、わたしは初めて反旗をひるがえしました」

「石のことで？」

「あなたたちの魔術につき合うのはうんざりだ、もう二度と協力はしないと、夫に宣言したんです。実験は永久におしまいだって。少なくともわたしにとっては。夫に利用されたと感じて、ひどく傷つけられた気分でした」

「あなたに拒絶され、マーティンはさぞかし悩んだでしょうね」

「それはもう想像を絶するほどに」とわたしは認める。「わたしの決心が揺るがないと悟るや、夫は安全策を講じてわたしからアダマンタを遠ざけたんです。わたしの石はわたしの知らない場所に隠し、自分の石はトルコの、集まりで示された座標の場所まで持参することにしました。それも隠すつもりだったのだと思います。わたしにそう約束していましたから。今後、誰かが石を持ち出し、悪用しないようけりをつける、念には念を入れて用心しなければと。将来アダマンタを使用できるのは自分と自分の家族だけ。そういう強迫観念に取り憑かれているんです。それでふたつの石を別々にして……」

「しかしマーティンの救出には、あなたのアダマンタがどうしても必要です」

「どうしても必要？」大佐の大げさな物言いにわたしはカチンときた。「なぜマーティンの救出にあんなものが必要なのよ？　あの石にこだわるのもいい加減にして！」

「そうお考えになるのは間違いです」と真顔で言われる。

「いいえ、そうは思いません」

「すんなり納得が行くよう説明してみましょう、ミセス・フェイバー。先ほどのお話どおり、あなた方の魔よけ石が高周波の電磁波を発する地球外の石なら、ふたつの石は同質である可能性が高い。マーティンはおそらくそのことを知っていたのでしょう。ご主人が隠したあなたの石を見つけ出し、われわれの研究室で調査して、正確な周波数が判明さえすれば、アララト山周辺にもう一方の石の位置を特定できます。人工衛星を使った三角測量で居場所を割り出し、救出のための特別チームを現地に派遣します」

「何だかＳＦ用語の連発ですね、大佐」

「あなたのご主人が得意とする分野ですよ。彼にはこれが唯一、あなたが自分の居場所を突き止められる方法だとわかっていた。だから暗号をメッセージに折り込んで、あなたに送ったの

19

「確かですか？」

です」

「試してみて損はないと思いますが、いかがでしょう？」

わたしは考え込んだ。

「いいわ」と最終的に承諾する。「でも、試そうにもわたしのアダマンタがどこにあるのか、さっぱりわかりません」

するとアレンは電子機器を叩き、何か自信ありげな笑みを見せた。装置が再び息を吹き返す。

「いや、あるいはわかるかもしれません。マーティンがメッセージで、何らかの方法で示してくれているとは思いませんか？」

20

「警部、警部……起きてください！」

ノックをせずに部屋に入ってきた部下に揺り動かされ、フィゲーラスはぎょっとした。司法当局が動き出すまでの間、休んでおこうとソファーでうとうとしかけた矢先のこと。5〜6時間は眠れると踏んだが、どうやら考えが甘かったようだ。

「どうした？」

「署長がだいぶ前から携帯電話にかけているのに、警部が一向に応じないと」部下の顔に緊張の色が見て取れる。「緊急事態です」

「何だとっ!?」と叫ぶ。「ところでいま、何時だ？」

「3時半です」

「午前のか？」

フィゲーラスは疑いの目を窓の外へ向けた。夜はまだ明けておらず、猛烈な雨が降っている。

20

もどかしげにコートをまさぐり、携帯電話を取り出す。電源スイッチを切ったことを思い出した。邪険な態度で部下を部屋から追い出すと、端末にアクセスコードを打ち込み、署長直通の電話番号を押す。電話に出た署長は彼よりずっとしっかりした口調で応じると、いきなり怒鳴りつけてきた。

「どこをほっつき歩いていた、フィゲーラス！」

「すんません、署長。携帯電話のバッテリー切れで」とごまかす。

「ふざけるのも大概にしろ！　こちらは苦労して情報を手に入れてやったんだぞ」

「大聖堂の件で？」

「そうだ。半時ほど前にワシントンのスペイン大使館から連絡があった。同胞女性の旦那になっている、例のアメリカ人スパイに関する情報を外交手腕でどうにか探ってほしいと頼んでおいたんだ」

「それで？」

「信じられんだろうがな、フィゲーラス。マーティン・フェイバーは失踪中だ。誘拐されて、アメリカ国家安全保障局が救出のために国際的な捜査に乗り出したらしい」

「誘拐？　確かですか？」

「ああ。ＰＫＫのテロリストたちにトルコ東部の国境沿いでな」

「ＰＫＫ？」

「トルコからの独立を目指す分離派組織で、クルド人居住地で暗躍している左翼の過激派だ。おまえ、新聞も読んでいないのか？」

顔をしかめるフィゲーラス。上司は続けた。

「銃撃戦は単発の事件ではなかったということだ。わからんか？　目撃者を誘拐しようと、誰かが狙っている。フリア・アルバレスを保護するんだ、すぐにやれ！」

「お安いご用だ、署長！」

21

「おそらくあなたのご存じでない、ご主人の秘密を打ち明けましょう……」

多大な同情を溢れさせながら、ニック・アレンは話を切り出した。

こういう場合、言われた側はどう反応したらいいのだろう？　話を始めてほぼ1時間が経過しているのに、この男性にはまごつかせられてばかりだ。幼い頃、海岸で目にした、砂浜に打ち上げられたクジラのような気分。何が起こったのかわからぬまま、驚きの目で自分を取り巻く人間たちをじっと見つめていた――。

「どういったことですか、大佐？」

「マーティンはＮＳＡで働いていたのです」

「ＮＳＡ？」

「アメリカ国家安全保障局。わが国の政府機関で、海外の情報通信を収集・分析し、敵国に関する情報を国防総省に提供しています」

　わたしはびくっとした。

「ご心配なく。ご主人はわたしのような任務には従事していませんでした。作戦部門ではなく、科学部門にいたのです」

「そんなこと、一度も話してくれなかった」打ちのめされた気分でわたしはつぶやいた。

「考えあってのことです。すべてはあなたの身の安全のためです、奥さん。たとえ清掃係であっても、世界最大の情報機関のオフィスに出入りするには、ふたつのことが要求されます。ひとつは守秘義務。施設内で見聞きしたことを部外者に絶対打ち明けてはならない。あなたも部外者のひとりです。どんな些細な事柄でも軽率な行動が国にとっての命取りになり、罪なき人々を犠牲にする可能性があることを、われわれ関係者は叩き込まれています」

「ふたつめは？」

「ＮＳＡで働くのは命がけであることを承知すること。敵の手に落ち、正体を知られたら、組織で過ごした記憶の隅々まで調べ上げられるでしょう。ありふれたオフィスの描写が、時としてわれわれの思考や行動を解き明かす鍵となり、残虐国家の役に立つこともあるのです。そのような理由から、犠牲になった場合に備えて、全職員はありふれた文章にＳＯＳ信号を組み込む暗号の使用法を習っています。何気ない電話での会話にそのひとつが挟み込まれていたために、命拾いするケースも多々あります」

　わたしははっとして大佐を見つめた。

21

「マーティンもその方法を知っていると？」

アレンはうなずく。

「動画の中のおかしな点に気づきませんでしたか？　どこかに注意を引かれませんでしたか？　たとえば最後のひと言とか」

そう言うと大佐は電子機器を操作し、マーティンの憔悴《しょうすい》した顔がまずまずのスペイン語でその言葉を発する場面を再生した。小さなタッチパネルの中で空色の瞳が再びきらめく。

〈……覚えておいてほしい。ぼくらのものを奪おうとするやつらに、追われたとしても、つねに再会への道をきみは見とおすだろう〉

またしてもその場面を見せられ、不吉な予感でいっぱいになった。

「鍵となるのは最後の四語〝se te da visionada（きみは見とおすだろう）〟というのが、わたしの考えです。何かお心当たりはありませんか？　ある時、ある場所、特別な場面で、この言葉をご主人が発したことは？　そこに石のありかが示されている可能性がある」

「まじめに訊いているの？」

「もちろんです。この言葉の構造は、明らかに彼の最後の指示を強調しています。彼と再会するにはひとつの道、方向がある。あなたにはそれがわかるはずだと」

「わたしの能力のことを言っているのかしら？」

「それではあまりに安直すぎる」

「もしかしたら言葉遊びかも。マーティンは結構はまっていたから」

「それは考えられますね。紙に書いて読み解いてみましょうか？」大佐は黒い書類カバンに手を伸ばし、メモ用紙の束とマーカーを取り出した。

作業に取りかかる前に電力が復旧した。コーヒーマシンがひと息つき、店の入口にあるタバコの販売機に明かりがついた。電動式のコーヒーミルがうなり音を上げて回り出す。冷蔵庫までもが安堵してゴロゴロと喉を鳴らした。

ところがすべては幻だった。またしても電力がダウンすると、臆病者の亡霊のように、何もかもが一瞬にして消え、わたしたちを再び闇の中に陥れた。

22

3人の外国人の頭上に垂れ込めた、燐光性の雲に何かが起こった。

一番年若の戦士は驚きに目を見張る。肩に背負ったリュックを地面に置き、口を開けて中身を湿らせるよう命じられた直後のことだ。「〝箱〟を始動させよ」としか、シェイクは言っていない。

サンティアゴの旧市街上空に漂っていた物体は、みるみるうちに密度を増して広がり、痙攣するように伸縮を繰り返している。まるで長い間、閉じ込められていた怪物が外に出たいと暴れているかのように。怪物はリュックの中身に反応していた。プラテリアス広場の街灯が再度落ちるのを見た時、若い戦士は怪物のしわざだと思った。始動の際に、影が周囲のエネルギーを可能な限り吸収することを知っていたからだ。必要とあらば彼の体内エネルギーまで。

「準備はよいか？」恐れをものともせず、シェイクが質す。

若者――ワースフィという名でアルメニアの名家の出身――はうなずいた。仲間の戦士――

ソ連崩壊後に独立した祖国で幾多の戦闘をくぐり抜けてきた職業軍人――も同様にうなずく。

シェイクは変わった儀式を始めた。置いた場所からリュックを1センチも動かさず、両手をかざし、顔を近づける。

一瞬、リュックの中身のかすかな芳香と風を感じる。細心の注意を払って取り扱っている物体のエッセンスと接する際に、必ず前触れとして起こる風だ。フリア・アルバレスの近くに運んだことで、古い周期が閉じられるとの印象を受けていた。アムラク――その聖遺物をシェイクはそう呼んでいる――が、ついに持てる力を存分に発揮することになるのだ。

何も言わずとも弟子たちは等間隔で師を囲み、口を閉じて鼻から音を出し始めている。ムゥゥ……………………という単調な連続した響き。アムラク覚醒のためにシェイクが彼らに教えた、胸郭を広げて音を出す方法である。その理論は見た目ほど珍奇なものではない。実際、確固たる科学的根拠に裏打ちされている。アムラクは正六角形の結晶構造を持つ鉱物からでき、互換性のある周波数を持つ物体と接すると、共鳴して相手の核構造に影響を与える。テノール歌手がガラスのコップに向かって甲高い声を発した際に起こることだ。声のエネルギーがガラスの幾何学構造に侵入し、内部から破裂させる。

リュックの中の神秘的な聖遺物にはそこまでの威力はない。それでも瞬時に緩やかな振動を回復し始めた。最初はほとんど感じ取れないほどの振動だが、徐々に揺れを増していき、あとは彼らが決断するのを待つ状態にまで至った。

22

統率者はリュックから視線を外すことなく姿勢を保ち続ける。それからリュックに向かって、意味不明の言葉を発し始めた。やがてらせん状に上る煙が見えるまでになった。ほどなくその力を感じるようになる。彼らのように鉛繊維の保護スーツを着用していないと、目に見えぬ強烈な力に麻痺させられてしまう。

ふたりの戦士は何が起こっているのかよくわからないでいた。得もいわれぬくすぐったさが全身を上から下へと駆け降りる。嫌な感じはしない。不快でもない。たとえて言うなら、微弱な静電気が流れたような感覚だろうか。

「Zacar od zamran; odo cicle qaa ……」

シェイクの奇妙な呪文にふたりの戦士も神経を集中させる。復唱するよう命じられているからだ。

「…… Zorge lap sirdo noco Mad ……」

新たな戦慄が男たちの体を駆け抜ける。それらはアルメニア語ではない。神秘的な謎に満ちた異言語だ。

「…… Zorge nap sidun ……」

降りしきる雨の中、黒ずくめの3人の男が地面に置いたリュックを囲んで何をしているのか、誰にもわかるはずはない。その儀式が至高の存在、宇宙の中心への呼びかけであることも、それによって信仰の領域をはるかに超えたことが起こる寸前であることも。何度となく繰り返される呪文のような言葉は、はるか昔に使われ、いまでは失われてしまった呼びかけの一部だ。それを使って足元にある物体、〝箱〟つまりアムラクの守り手を呼び出すのだ。

「……Hoath Iada.」

午前3時35分。古都は三たび沈黙した。黒い影は市中心部の屋根の輪郭に沿って、3人と大聖堂を隔てる広場の中心に向かって徐々に移動する。

影が反応するのを見て、シェイクは驚嘆した。その力は古来「神の力」、「焼きつくす火」、「ヤハウェの栄光」など、さまざまな名称で呼ばれてきた。彼らの聖遺物から引き出せるエネルギーは、従来わずかなものだったが、いまや武器と化している。シェイクはこれまで、それを始動させることのできる人間にはひとりしか出会っていない。輝かしい科学者の頭脳を持ち、自然に由来する電磁エネルギー――断層運動、地下水流動、気圧の変動、太陽嵐など――を巧みに組み合わせて、アムラクに備わる力を超自然的なレベルに引き上げる方法を、彼に語って聞かせた人物だ。そうすればアムラクは無尽蔵のエネルギーの源泉、強大な力のしるしと化す。男はそれを地球プラズマエネルギーと呼んでいた。そしてその男こそが、シェイクがあのアメリカ人と同様に、救出を試みている相手だ。

その人物の名は、マーティン・フェイバーだった。

23

明かりが落ちた途端、わたしは吐き気を催した。

胃の中身が逆流してきて、口の中が酸っぱいものでいっぱいになる。アレン大佐が持ちかけてきた、〝se te da visionada（きみは見とおすだろう）〟に隠されているという謎解きにも集中できなくなって、気を失わないようにテーブルの端につかまった。ｉＰａｄの残光で、前にいる大佐の姿が見えたが、やはり気分がすぐれぬ様子で、顔をしかめ、額の傷を醜くゆがませ、左右に揺れて倒れる寸前だ。屈強な男の青い瞳にパニックの色を認め、わたしの不安は増大した。わたしを守るためにここまでやってきたという軍人に、いったい何が起こっているのか、何に怯えているのかと問うことはできなかった。

そのチャンスがなかったのだ。

状況を把握する前に、わたし自身が力尽きてしまった。

まもなく呼吸困難に陥った。いくら空気を吸うよう命じても肺が従ってくれない。全身の筋肉が一斉に弛緩し、体が言うことを聞かず、外界全体がわたしのことを忘れてしまったようだ。ちょっと！　いったいどういうこと？　何が起こっているの？

不条理の最中でうっすらと痛みを感じた。どうやら熱いコーヒーが服にかかったようだが、反射すら起こらない。眼球を動かすことも、転倒時にとっさに手をつき、身を防ぐこともできない。不可能、単にそれだけだった。幸か不幸か、「ラ・キンタナ」のオーク材の寄木張りの床に、体を打ちつけても痛みすら感じなかった。

何もかも真っ暗になる千分の一秒前、一瞬意識が戻り、最悪の状況下で解放感を覚えた。

死んだんだ。今度は本当に。

わたしにとってのすべてが終わった瞬間だった。

24

大聖堂の主任司祭、ベニグノ・フォルネス神父の部屋は、大聖堂の北側に面したサン・マルティン・ピナリオ神学校と同じ棟にあった。大聖堂はバルコニー越しに声の届く距離にあり、何かあってもいち早く駆けつけることができる。隣接するヘルミレス邸の庭やインマクラーダ広場も一望でき、好条件極まりない。ところが今宵はその地の利が災いし、銃撃戦後なかなか寝つくことができなかった。いつになく気分が落ち着かず、寒いのに窓を開け放ち、携帯電話の電源も切らずにいた。

老司祭は胸騒ぎを覚えた。大聖堂の間近で育った彼は、ものごとが悪い方に向かっているとそれを肌身に感じる。文字どおりの皮膚感覚で、言葉では言い表せないものだ。だから深夜に起こった一連のできごとにも、さほど驚きはしなかった。

それに加えて二度の停電だ。街灯がついたと思ったら瞬く間に消え、ベッドから飛び起きた。同世代の老人たちと同様、鋭い知性を備えた用心深い71歳の男は、行動を開始した。音もなく慎重にだ。先ほどの大聖堂での火事騒ぎのことがどうにも頭から離れない。それで素早く着替えるとコートと懐中電灯を手に、司祭たちの寝室が並ぶ廊下を忍び足で通り抜けた。

アサバチェリア通りを横切り、大聖堂を前にする。そこで神に祈った。老いたわが身が神の呼び出しに持ちこたえようとするかのように。

〝主よ、わたくしの思い違いでありますように〟とつぶやく。〝どうか思い違いでありますように〟

北側の入口アサバチェリア門に到着すると、フォルネスは電子パネルに6桁の暗証番号を打ち込み、警報器を解除した。入ってすぐの左手にある小さな聖水盤に痩せ細った指を浸し、胸の前で十字を切ると、翼廊北を手探りで進む。

一見、異常はないかのように思われた。

近隣住民たちを慌てさせたオレンジ色の発光は跡形もなく消え、暗がりの中でさえも、中央祭壇は堂々たる威厳を醸している。燃えつきる寸前のろうそくの灯にボリューム感を与えられ、洗礼用水桶やラ・コルティセラ礼拝堂などの神聖な場所が闇の中で輝いている。それらを目にし、主任司祭の心臓は高鳴った。８０００平方メートル以上ある聖なる空間が、信者のために夜通し開かれていた頃のことが鮮明に思い出されたからだ。もちろん、いまとは時代が違う。さまざまな教派の巡礼者たちが、信仰心とともに〝雷の子〟ヤコブの聖遺物の前で、この使徒がイエスの変容と昇天の目撃者だったこと、ペテロの後継者として原始教会を率いたことに、

24

思いを馳せつつ夜を明かしたものだ。残念なことに現代化の波がよき習慣を奪ってしまった。大聖堂で銃撃戦という今宵のようなできごとは、その回復に水を差すだけだ。

寡黙な主任司祭は懐中電灯の光を頼りに、翼廊南のプラテリアス門に向って歩き、その後、中央の身廊を西側へと折れた。その辺りに見えていた煙は、壁に煤跡すら残していない。

〝もしもあれが、天からのしるしだったとしたら？〟

不信心なフィゲーラス警部から入手した事件の全容を大司教に伝えたあと、大司教本人に彼がした問いかけは、単なる疑念などではなく示唆のこもった進言だったのだ。だがサンティアゴのカトリック教会最高責任者は、またしても彼を失望させた。1年前に大司教になったばかりの若い神学者には、そもそも暗示を理解する素養がない。どうやら神父が恐れていたとおり、大司教は火事騒ぎよりも銃撃戦に関心を持ったらしい。本心は推して知るべしだ。ファン・マルトスは聖職者の職務には興味がなく、平常服《スータン》や司教指輪もしたがらないという点では、むしろ多国籍企業の経営者に近い。中年の新米司教にはありがちな、霊的研鑽よりも社交活動にご執心な——遺憾ながら主任司祭の見方では——感情のない完全無欠の冷血漢といったところだ。

「あれがしるしだと？」と大司教は訝《いぶか》しげに尋ねた。「何が言いたいのだね、ベニグノ神父」

「大聖堂が建てられるきっかけとなった九世紀の逸話を思い出してください。聖なるものがこの地に存在することを隠遁者ペラギウスに知らしめたのはきらめく光です。伝承では、彼から話を聞いたテオドミロ司教が調査を要請し、キリスト教信仰の至宝のひとつ……」

「使徒ヤコブの棺を発見した」ファン・マルトス大司教はつまらなそうに応じる。

「そのとおりです、猊下。そういった光がわれわれ人間の目を醒ますための神のしるしとして、しばしば注意を喚起する目的で現れることをお考えください」

気のない様子で思い巡らすマルトス猊下。主任司祭の真意に気づくには、彼はあまりに若すぎ、サンティアゴの歴史にも疎かった。フォルネスは悟った。大司教はこの大聖堂に秘された役目をわかっていない。〝伝統〟を大切にする人間ではない。そうでなければ、警察の捜査が終わるまで大聖堂を閉鎖しろなどと命じたりはしないだろう。

それでフォルネスは、大聖堂の秘密の守り手としての使命感に燃え、上司の命に背いてまで、自分の目で確かめてみることにしたのだ。神の家である大聖堂を、彼に託したのはほかならぬ神だ。何人《なんぴと》にもそれを阻むことはできない。たとえ大司教であっても。

神殿は静まり返っていた。

最も暗いのは栄光の門がある西端だ。フォルネスはそこから見回りを始めることにした。足場が門の表裏を囲み、ビニールシートが外観を損なっている。作業場の机上はＯＡ機器と化学薬品でいっぱいだ。彼が肩入れするフリア・アルバレスが、そのままにしていったらしい。

初めて会った時からフリアが特別な娘であるのに気づいた。彼女の経歴だけでなく――それはそれで素晴らしいが――、会合で見せた修復に関する度量の広さと判断力もだ。近年の壁や彫像の傷みは、地中から生じる何らかの力によるものだ、と彼女は推測している。それはまさ

24

に、神父が守ってきたコンポステーラの秘密に迫るものだった。

懐中電灯の光が中央の円柱に跳ね返り、フォルネスはわれに返る。見回りを続けなければ。

全面に彫刻が施された豪華な仕切り柱。知る人は少ないが、この柱にはコンポステーラの存在意義が凝縮されている。下部には2頭のライオンを押さえつける謎の人物、中間には使徒ヤコブ、上部にはイエス・キリストが配された柱の全面に、卑小な人間たちがひしめき、らせん状に昇っていくさまが彫刻されている。いわばDNAスパイラルを描いて復活のキリストへと至る、人類の系統樹だ。

その部分にはまったく異常は見られない。この至宝に弾が命中しなかったのは本当に幸いだった。

多少落ち着いた気分になって翼廊まで引き返し、銃撃戦の現場へとおもむいた。警察は一帯をテープで囲んで立ち入り禁止にしていたが、フォルネスには関係ない。テープを慎重に持ち上げてくぐり抜け、信者席付近をぶらついた。ほどなく懐中電灯の明かりが、被害の状況を映し出す。木製手すりに着弾したらしく、何箇所も縁が欠け、床にかけらが四散している。中には木端微塵に砕けたものもある。薬莢が床に、鑑識の道具が信者席に残されているところを見ると、明日の朝、作業の続きをするのは明らかだ。神父はそれらのものに触れぬようできる限り迂回すると、一番気になる一角へと向かった。

プラテリアス門付近は大聖堂で最古のエリアで、彼はそこについては誰よりも詳しかった。

バチカンのサン・ピエトロ寺院に次ぐ世界で最も重要なキリスト教の大聖堂が、そこから始まったという事実については、名だたる識者にすら知られていない。この由緒ある土地が数多くの奇跡の舞台となったこともだ。伝承によると、天使の軍団に導かれたベルナルド・エル・ビエホが、１０７５年に建物の礎石を置いた場所がまさにここなのだ。

その区域に警察のバリケードテープが張り巡らされているのを認めると、さすがの神父も心中穏やかでなかった。再び動悸が激しくなる。

彼はその時、さらなる惨事の爪痕を目にした。

「何ということを……！」

壁に際立つ弾痕に、目が釘づけになる。

プラテリアス門のそば、『星の巡礼』の彫刻の真下に、先ほどよりも小さな弾痕が刻まれている。石のブロックに穴があき、剝がれ落ちている。フォルネスは思わず十字を切った。これだけ目立っていれば、修復に携わる学芸員たちも気づくだろう。

だが、それだけではなかった。着弾による剝離の影響か、周囲の石の表面に奇妙な陰影が出現していた。碑文のようにも壁画のようにも見える。はるか昔に石工がつけた目印かもしれない。いずれにしてもその描線は、フォルネスの老いた心臓をさらに高鳴らせた。

それは〝〟という形をしていた。

興味をそそられ、近づいてみた。手にした懐中電灯で照らし、指の腹で撫でてみる。ある程度の深さがあり、彫られたばかりのようで温かく感じる。古い花崗岩上で虹色にきらめく黄金の光を発している。

〝これはすごい！〟フォルネス神父は興奮した。〝直ちに猊下に知らせなければ！〟

25

人が死ぬとその魂は、自分の過去の振り返りという最もつらい試練にさらされるという。

次の段階へ移行する直前、〝ブラックボックス〟のようなものの前に連れて行かれる。それはへその緒を切られて自分で呼吸し出して以来、自分が体内に蓄積してきたものを収めた形も大きさもない入れ物だ。その中を覗いた魂が経験するのは、あらゆる感覚体験を超えたものだ。突然意識が拡大して、客観的な目で自分の人生を知覚できるようになる。世界の三大宗教の教えとは異なり、その領域には裁く者も、審判も、見せられたものを受け入れるよう迫る神の目も存在しない。そんなものなど必要ないのだ。魂は肉体から解き放たれ、肉体にいる間に学んできたことを自身で計ることができる。そうして人生を振り返ったあと、自分の振動レベルに見合った道を進むことになる。

そのプロセスで唯一の利点は、死後さらに道が続いていると知ることだ。上昇するか、下降するかは個々の状況次第である。天国と地獄とは、結局のところその人生に成功・失敗、功

25

徳・過失、精神的なもの・物質的なもの、どちらが多かったかを判定したあとに至る、心の状態にすぎない。

わたしたちはその瞬間について、信仰にかかわらず、何らかのかたちで耳にしている。宗教指導者が過酷な審判や大いなる罪の赦し、死者のよみがえりを説いて惑わせてきたが、その中で死後の〝人生のおさらい〟のエピソードだけが現実だということだ。

その明け方、カフェテリア「ラ・キンタナ」で、微動だにせぬアレン大佐の体から数センチの所で、頭を垂れながら、わたしは人生の総決算の時が来たと悟った。

何よりも自分が呆気なく死んだことに驚く。痛みもなく崩れ落ちたと思った矢先、昔の記憶が怒濤のごとく押し寄せてきた。自分が契約の箱の運搬人ウザのように強烈な放電で絶命したと、なぜそう推測したかは自分でも定かではない。1万ボルトもあれば、心臓を停止させ、脳を焦がすには十分だろう。そう考えれば、自分が時間の外へと放出され、イメージの海の只中に投げ出された説明もつく。

状況を把握するのは容易ではなかった。床にぶつかっても、どうして痛みを感じなかったのか？　カフェテリアは、ニック・アレンは、ウェイターはどこへ行ってしまったのか？

ところが、しばらく経っても何も起こらなかった。

呆れるほどに何も起こらなかった。

まるで恐怖とは無縁の状態で、自分が少しずつ溶けていく。次第に寒さも感じなくなり、自分自身が消えていくような気分だった。

完全なる静寂に達した瞬間、わたしの中で何かが灯った。声が聞こえる。どのようにしてかはわからないが、遠い昔の場面が閉じたまぶたの裏に映り始めた。

それについて説明するのは難しいが、とにかくやってみよう。


まず浮かんできたのは、結婚式当日の思い出だった。

そんなものが初っ端《しょっぱな》に現れたのは、死の直前までアレン大佐にあれこれ詮索されていたせいかもしれない。

旋風の渦に飲み込まれるような思いで、マーティンとウィルトシャーに到着した光景を見る。初めてわたしがジョン・ディーのアダマンタたちと対面した翌日、日曜日の早朝、わたしたちは準備に追われ、ほとんど寝ていなかった。実を言うと、ふたりとも神経が立って、ひと晩中眠ることができなかったのだ。それに言い争いもしていた。

そんなこと、ほとんど忘れかけていたのに。

わたしたちの口論は、シェイラとダニエルとの夕べの集いのあとから尾を引いていた。原因はふたつの石にある。わたしが手にして以後、それらは休みなく奇妙な現象を起こした。テーブルクロスの上で輝いた、揺れた、ひとりでに回った、蒸気機関車のようなかすかな音を発したと、マーティンと神秘主義者たちは騒ぎ、子どものようにはしゃいだ。「こちらの方向に動

25

かして」、「そのピラミッドの上に載せてみて」、「両手の小指で持ち上げてみて」などと、次から次へと指示を出す。しまいにわたしは、彼らの遊びの相手をするのに疲れきってしまった。早く戻って休まなければ、明日の式に差し障る。

最初の火花が散ったのは、ホテルにたどり着いた直後だった。

「人生最良の日だったでしょ？」ベッドに倒れ込みながらマーティンが言った。

「冗談じゃないわ！」全身から憤りを発して、わたしは応酬した。「あなたの想像以上に、こっちには発見があったもの」

「そりゃすごい！　それってもしや……？」

「あなたの魂胆よ」と言葉を遮った。「霊視者だと思ったから、わたしに近づいたなんて。どうして前もって言ってくれなかったのよ？」

マーティンは目を丸くしてわたしを見つめた。

「違うの？」

「当然よ！　違うに決まっているでしょ!!」

「だけど」辛辣な調子で彼が反論する。「小さい頃、死んだ曾祖母《ひいおばあ》さんとよく会話したって、ぼくに話したのはきみだぞ。自宅でお母さんがさまよえる魂の行列……何て言ったかな？」

「〝サンタ・コンパーニャ〟」

「そう、そのサンタ・コンパーニャを何度も見たことがあるって。それに、薬草の扱いに精通した、ガリシアの魔女の一族の子孫だって話も、ぼくがでっち上げたものじゃない。ラム酒が関節炎に効くって話もね！」

我慢がならなかった。マーティンは問題の根本には触れぬよう、枝葉の部分ばかりを持ち出している。これ以上野放しにしておくわけにはいかない。

「それに、どうして石のことを話してくれなかったの？」

一語一語に怒りを込めて、わたしは問い質した。

「それは……」と言い淀む。「いまのいままで家族の秘密だったからさ、シェリー。でも、明日にはきみも家族の一員になるんだから、知っておくべきだと思ったんだ。サプライズがお気に召さなかった？」

「サプライズ？　ふざけるのもいい加減にして！　みんなでわたしをモルモット扱いして。お祭りの見せ物みたいに！　何なのよ、あの、あの……」

「友人たちのこと？　ダニエルは賢者で、シェイラは……きみのような人間だよ」

「どういうことよ、それ」

「彼女はこれまで、石たちを反応させるのに唯一成功した人間なんだ。もっとも、その彼女ですらきみの域には達しなかったけど。ぼくの目に狂いはなかったってことさ。何てったってきみは、石たちをしゃべらせたんだから！　能力があるんだよ!!」

「石たちをしゃべらせた？　ばか言わないでよ、マーティン。本気で石がしゃべると思ってい

25

るの？」

彼はベッドから跳ね起きると、わたしの隣に座った。

「思っている。このふたつの石に関しては」

「どうしてそう言いきれるの？」

「20年間、アダマンタが今日の午後のような動きを見せるのを目にした者はいないんだ。生きているみたいだったじゃないか！　シェイラの顔を見ただろう？　きみには能力があるんだよ」と繰り返す。「ジョン・ディーお気に入りの霊媒、エドワード・ケリーと一緒さ。望むままに石を通して見ることも、石を震わせることもできる。きみは立派な霊媒だよ！」

涙腺が緩んで視界がぼやけた。これから結婚しようという相手が、自分のことを変人扱いしているなんて。

「わたしを脅す気？」涙目で抗議する。「あなたは科学者だと思っていた。理性的な人だと。だから人生をあなたの手に託したのに……あなたなんか、もう知らない！」

「機嫌を直して、フリア……怯えているの？」と囁く。「何も恐れることはないんだよ」

「そうは思えないわ」

「結婚式が済んだら、石の扱い方を学ぶ時間があるはずだからさ、シェリー。それにぼくが、きみの愛した科学者であることを確かめる時間もね。一緒に石を研究していこうよ。約束する。きみは石たちに生命を与え、ぼくは石たちの解釈をするって」

わたしは返事をしなかった。

「何もかも納得するよ。いまは一見、魔女のしわざに思えることも、単純明快に説明づけられるようになる。シェイラもダニエルも喜んできみに説明してくれるよ」

「あなたへの信頼が失われたとしたら？」なるだけ厳しい目をして言った。「だまされた、利用されたっていうこっちの気持ち、わかってよ！」

「本気で言っているわけじゃないだろう？」

「それは……」とわたしは目を伏せる。彼の大きな手のひらが、わたしの手をしっかりと握ってきた。少し前になくしたわたしの安心感を取り戻そうとしている。何もかも戸惑うことばかりだった。「そうじゃないけど……」

26

踏んだり蹴ったりとはこのことだ。今夜のサンティアゴはどうかしている。

フィゲーラス警部はいまだ目撃者の身柄保護をできずにいた。再度の停電、無線通信と携帯電話の不通で、作戦遂行の手段を奪われたからだ。仕方なく自らパトカーに乗り込み、最短距離を全速力でキンタナ広場へと引き返す。フリア・アルバレスはまだアメリカ人と話し中に違いない。幸い周辺には使える部下を何人も張りつけている。市警のヘリも広場で待機中だ。その状況では、さすがのクルド人テロリストも——どんなに大胆なやつらであっても——フリアに手出しはできないだろう。

どうやら雨も——〝やっと運が向いてきたぜ！〟——一服したらしい。散々怒りをぶちまけた空は、いまや大聖堂の尖塔の背後にうっすらと曙光すら垣間見せている。

もしもその瞬間、フィゲーラスが車内の時計を見ていれば、どう考えてもその光が朝日ではないと気づいたに違いない。

けれども運悪く、彼は時刻を確認しなかった。

27

死後の世界で、２番めの記憶が前触れもなくやってきた。

グレーの服を着た男。寒さと加齢でひび割れたしわだらけの顔が、感情を表すことなくわたしたちを観察する。結婚式を挙げるビドルストーンに朝一番で到着したマーティンとわたしに、村の司祭ジェームズ・グラハム神父は仰天したようだ。結局、ふたりとも一睡もできず、ホテルを夜明け前にチェックアウトしてきたのだ。

「これは非常に重要な決断だ……」とつぶやく。「本当にする気があるのかね？」

わたしたちはうなずいた。

「いつ決めたのかね？」

「彼女が知ったのは一昨日でして」マーティンが冗談めかしながら質問に答える。

「そんなことだと思った」

非難めいた口調だったがそれ以上は何も問われず、一緒に朝食を食べようとキッチンに通され、席を勧められた。どうやら気を取り直したらしい。理由はすぐに判明した。

「最後にきみに会ったのは何年前かな？」

「初聖体の時だから、30年以上も前ですよ！」

「そうだったな。きみのご両親ともそれ以来お会いしていないということだ」

「ご無沙汰してすみません」

「いやいや、彼らが来なくて内心ほっとしている。こちらを信頼して一任してくれたわけだからね」詳細を問う気はないというように言った。マーティンもそれ以上触れなかった。

「ところで式次第の朗読の件だが、まだそのつもりかね？　昨日電話できみから言われて、正直面食らったよ。この手の儀式ではめったにないからね。キリスト教会ではなおさらに」

「承知のうえでのお願いです」と言うと、わたしの手を握る。「特に問題はないですよね？」

「ああ。彼女さえ問題がなければ」

「問題などあるもんですか」とわたしは笑顔で応じた。昔なじみ同士の冗談だと思った。「わたしの結婚式ですもの！」

「お嬢さん……あなたの婚約者が要求しているのは、聖書に属さない書物の朗読なのだが、そのことをご存じかね？」

「いいえ」

マーティンはこれもサプライズのひとつだというように肩をすくめた。

27

「彼はラバのようにしぶとく」と神父は続ける。「古い逸話を読むように言い張っている。しかしながら、その中では女性たちがよく描かれていない。あなたがスペインのご出身とうかがい、敬虔なカトリックならば余計に気分を害するのではないかと……」

「そうかな？」

話の腰を折るマーティン。

「そこまでひどくはないと思うけど」と笑う。

「けれどもマーティン」神父が指摘する。「あの文書が一般的でないことも、婚姻の場にふさわしくないことも、わかっているはずだ」

「ふさわしくない？」ふたりの応酬を面白がって見つめていたわたしが口を挟む。「どういうことですか、グラハム神父」

「何でもないよ、シェリー」マーティンは話をそらそうとした。「この神父さんは、うちの家族の結婚式を代々担当していてね。そのたびに難癖をつけているんだ。わが家の伝統を阻みたがっているだけさ……」そう言ってウインクを投げてきた。

しかし、わたしは固執する。

「いったいどういう内容なの？」

「太古の文書で価値あるものかもしれんが、正典として認められていない。それを指摘するのは、わたしの務めだ。マーティンの話では、あなたは歴史家で芸術史がご専門だとか。参考までに実物をお見せしよう」

　神父は立ち上がると、革表紙の古書が並ぶ書棚から大判で薄型の本を持ってきた。

「『創世記』の第6章にこの本と同じ話が大まかに述べられている」上質の皮紙で装丁された年代物の1冊を、重さを計るように手に取りながら説明する。「とはいえ、伝えているのは部分的な情報のみだ。支障のある部分には触れたくないのか、かなり省略した形でね。一方、この本では事細かに取り上げている」

「本のタイトルは？」

「『エノク書』だ。その第6章と第7章を読むよう新郎は望んでいる」

「『エノク書』？　聞き覚えがないわ」

　マーティンが腰かけの上で体をもぞもぞさせた。式の詳細にこちらが興味を示しているのを喜んでいるらしい。そう解釈したが、すぐにそうではなかったと気がついた。グラハム神父が説明すればするほど、居心地悪そうに体を動かしている。わたしと神父の会話をいつ遮ろうかと迷いながら。

「『エノク書』は……」題名も出版元も記されていない、年鑑のように大きな本をわたしの前に置き、神父は続けた。「地上に現れた最初の人類の歴史と変転が綴られた預言書で、最古の写本はアビシニア、現在のエチオピアで見つかったものだ」

「面白そうね」マーティンの失望をよそに、興味を示す。「ところで神父様、その本が女性の

27

気分を損ねるというのは？」

「耐えられるのであれば、お話ししよう」と言う。「ひと言でいえば、楽園追放後に人類に起こったできごとが描かれている。第2の堕落の少し前のことだ」

「第2の堕落？」

「つまり……聖書によると人類は二度堕落し、絶滅の寸前まで行っている。第1の堕落はアダムとエバがエデンを追われ、死の存在する地上へ移った時。神は人類最初の両親を打ち殺すこともできたが、土壇場で彼らを赦している。まもなくふたりは新しい環境に慣れ、急速に子孫を増やしていく」

「では、第2の堕落は……」

「その子孫が大洪水で滅ぶことになったきっかけだ」と司祭は結んだ。

ナショナルジオグラフィックチャンネルのような、落ち着いた調子で創造神話が語られる。グラハム神父の話術に惹きつけられ、わたしはこのゲームを続けることにした。

「ということは、『エノク書』は大洪水の前に成立したのですか？」

「厳密にはそうではない。大洪水前の、第1と第2の堕落の間のできごとが語られているが、正確な成立年代は残念ながら不明だ。驚くことにアダムとエバの記述はないが、神が大洪水を人類に見舞った理由は詳述されている。しかも預言者エノク本人の言葉としてだ」

「エノク……」

感嘆の声を上げるわたしを無視して、グラハム神父は続けた。

「聖書にも彼の名は何度も出ている。読み書きのできない羊飼いで、天国を訪れるという途方もない体験に恵まれた。生きながらにして神に天国へと連れて行かれた数少ない人間だ。つむじ風に巻かれて天に上昇し、そこで見聞したことを人々に伝え、人類に対する神の怒りを警告すべく地上へ戻ることを許された」

「その経緯《いきさつ》が全部『エノク書』に？」

「書かれているのはそれだけではない。天国にいる間にエノクはあらゆる人間の苦悩、現在、過去、未来に対する答えを手にした。帰還後、彼が預言者となったのはそのためだ。神の指に触れられ、不死の身にもなった。古《いにしえ》の神々のように」

落ち着きなくうろうろし出したマーティンが、キッチンの片隅でひとり、ぶつぶつ文句を言っている。

「教えてください、神父様」そんな彼を横目で見やり、わたしは続けた。「どうしてマーティンはこの本を式で？　愛について書かれているから？」

ジェームズ・グラハムは色あせた青い瞳でわたしの目を見つめた。こちらが気づいていない危険を忠告したがっているふうにも映る。

「愛かどうか、わたしには判断しかねる。ご自身で確かめられてはいかがか？　あなたの婚約者が取り上げたがっている箇所は章の冒頭部分だ」

27

神父は大きな書物をわたしに手渡し、ページをめくってみるよういざなった。示された箇所は難なく見つかった。青い絹のテープが栞代わりに挟んであったからだ。

ゴシック体で書かれた本文は赤と黒で彩色され、金泥まで施されている。各章冒頭1字は大きく、美しい飾り文字で強調してあった。1章分は分量が少なく、さらに短い節に分かれていた。取り扱いに注意しながら本を覗き込み、わたしは章タイトルを読み上げた。

「《天使たちの堕落／人類の退廃／人類の名における天使たちの取りなし。天使たちに下された神の裁き。メシアの王国》」

これには正直面食らった。ちっとも結婚式と関係ないではないか。ふと、マーティンと神父が黙って耳を澄ましているのに気づき、とりあえず朗読し始めることにした。まもなくわたしは、自分の見解を改めることになる。


《そうして人の子らが増えると、彼らの間に見目麗しい娘たちが生まれた。神の子、すなわち天使たちは、彼女らが欲しくなり、仲間内で言い合った。『人の子らの娘たちの中から、好みの者を選んで子を儲けよう』》

〝なるほど、ここで愛が出てくるのね〟と思った。

先を読み進める。

《天使たちの長がみなに言った。『おまえたちは本心ではやりたくなく、大罪をわたしだけに負わせようとしているのではないか』

全員が答えた。『目的を達成するまで心変わりしないと、呪いをかけて誓おう』

そこで一同ともに誓い合い、呪いのもとに約束し合った。天使たちは総勢二百名で、ヘルモン山の頂上に降り立った。〝ヘルモン山〟という名がついたのは、そこで彼らが互いに誓い、呪いのもとに約束したからである》

「次はふたつめ、緑色のテープの所から」指差しながらグラハム神父が言う。「そのページを丸ごと読んでくれ」

「そこは教会では使いませんよ」マーティンが嫌々席に戻ってきて反論する。

「使わん。だが、きみの婚約者が知るにはうってつけだ」そう切り返すと神父はわたしの手に触れ、「読んでくれ、フリア」と頼んできた。

わたしは即座に従った。

《長たちをはじめとする天使たちは全員、ひとりずつ女を選び、彼女たちの所へ入り、身を汚した。彼女たちに妖術と魔法を教え、根の切り方と植物に関する知識を授けた。

27

彼女たちは子を宿し、巨人たちを生み出した。身の丈3000キュビト〈約1350メートル〉の巨人たちは人間が育てた作物を食べつくした。

するとと、巨人たちは人間を襲い、人肉をむさぼり食った。鳥や獣、爬虫類や魚類も食いつくし、その後は互いに共食いを始め、血をすすり合った。

それら地上で行なわれたすべてのことによって、その時、大地は冒瀆に満ちていた》

3人ともしばし押し黙った。

神父は沈黙を尊重し、わたしは背筋を凍らせた。要するにこれは、罪深い婚姻の物語ではないのか。制圧に天罰を要する、忌むべき子孫を生じさせる結果となった――。

「やめやめ！　フリア、これで気が済んだだろう！」マーティンが沈黙を破って気分を和らげようとする。「単なる大昔の愛の物語さ。実際、アダムとエバの愛に次ぐ、最古の愛だ」

表情をゆがませるグラハム神父。

「禁じられた愛の物語だよ、マーティン。けっして起こるべきではなかった」

「お言葉ですが、神父様」と反論する。「その愛のおかげで、楽園から追放されたぼくらの祖先は、天使の階級〝神の子ら〟から高度な知識を伝授されたじゃないですか。この本で語られていることが真実なら、天使たちは地上に住んでいた女性たちと結婚し、人類をより優れた種にした。そのどこが悪いというんですか？　天使は人間に恩恵をもたらした。史上初の結婚。

それは神と人の結婚、ヒエロス・ガモス、聖なる結婚だったんだ！」

「不純な結婚だよ、マーティン！」一瞬、神父は威嚇するように声を荒らげたが、その後、落ち着きを取り戻した。「われわれに災いを持ち込んだのだ。神はその結婚による子孫を、けっして喜ばれなかった。だから大洪水で消滅させることにしたんだ。わたしにはとても、きみたちの結婚式のよき思い出になるとは思えない」

「神父様」険悪になっていくムードを打開すべく、わたしは介入した。「先ほど『エノク書』では、女性たちがよく描かれていないとおっしゃっていましたが……」

わたしの策の成果は半分だけだった。神父は激怒を幾分和らげたが、辛辣な口調は相変わらずだった。

「この書によると、〝人の娘たち〟はつねに〝神の子ら〟の下位に置かれている」と神父は言う。「だが、彼女たちの純潔を犯し、醜くおぞましい巨人族という末裔をはらませたのは、ほかでもない彼らではないか。なのに、その新たな種族によって大地が血に染まったことを、彼女たちのせいにした。これは恐ろしい物語だ」

「でも、神父様」わたしはにっこり笑う。「それらはみんな、単なる神話上の……」

どうしてそんなことを言ってしまったのだろう。

ジェームズ・グラハムはスツールから立ち上がると、わたしの手から本をひったくった。その時まで感情を表に出さなかった彼の顔面から、突然マスクが剝がれ落ちる。

27

「神話だって？」と気炎を上げる。「そんな単純なものならどんなによかったか！　これは人類文明の起源をいまに伝える数少ない文書だ。大洪水で歴史が一からやり直しになる以前のできごとが語られている。これほど明確なわれわれの年代記はない」

「だけど、大洪水もまた伝説……」

「ちょっと待って、フリア！」マーティンが急に割り込んでくる。「ぼくらの昨晩の訪問、覚えているかい？」

びっくりしながらわたしはうなずく。生々しい記憶として、しっかり焼きついている。

「きみにした、ぼくの家族とジョン・ディーの関係も？」

「フェイバー家が異常なまでに彼に固執しているってことでしょ？」

「素晴らしい回答だ」と嘆息する。「その件について補足させてほしい。ジョン・ディーは『エノク書』に接した最初の西洋人でね。科学的観点から大洪水に興味が持たれるようになったのは、彼の功績によるところが大きいんだ。メソポタミア地方だけの地域的洪水だろうが、気候変動による地球規模の大洪水だろうが、実際にあったことはわかっている。しかも一度ならず、少なくとも二度は。最後に起こったのは約８０００年前から９０００年前頃と思われる。きみがいま読み上げた文書からディーが初めて推測した」

「大洪水が存在したと、本気で信じているの？」と驚いて訊き返す。

「もちろん」

「でも、なぜそれをわたしたちの結婚式で？」

「ぼくの家族は何世代にもわたって、ディーやエノク、人類の起源に関心を寄せてきた。母は『エノク書』の原書を読むためだけに死語となった言語を極め、父は楽園と預言者のあの世への旅のメタファーを技術用語へ置き換えるために物理学を専攻した。そしてぼくは、1番めと2番めの世界大洪水の間、およそ紀元前1万2000年から9000年までの間に、預言者が語っていることが実際に起こったかどうかを確かめるために、生物学と気候学を学んだ。つまりこれは……ぼくのルーツへのオマージュみたいなものさ」

「あなたの家系って、モンスター・ファミリーだったのね！」

マーティンはわたしの冗談に取り合わなかった。

「それに……」ちょっとためらう。「両親とぼくはいわば、代々遺産の番人をしてきた家系の末裔なんだ」

「まさか」とわたしは笑う。

「信じてあげなさい、お嬢さん」とグラハム神父が言う。マーティンの言葉で思い起こした記憶を振り払うように、両手を振りながら話を続ける。「ジョン・ディーもその系譜に連なる鎖のひとつだ。13世紀のフランシスコ会士ロジャー・ベーコン、ルネサンス初期の医師パラケルスス、18世紀の神秘主義思想家エマヌエル・スウェーデンボルグ、ニュートンもしかり。そのほか大勢の名もなき者たちが、この先も永遠に続いていくだろう」

27

「あのね、フリア。1773年、ジェームズ・ブルースというスコットランドの旅行家がエチオピアから『エノク書』の写本を英国に持ち帰った。それが翻訳、出版されて、ヨーロッパで知られることになったんだ。ところがディーは、その200年も前にそのページの大半を暗記していたんだよ。預言者エノクと天使のやり取りを深く追究し、大洪水以前に存在したいくつかの聖遺物を用いて、天使たちを意のままに呼び出す方法を考案するに至ったんだ」

「アダマンタね！」

「そうだ」マーティンの顔に大らかな笑みがこぼれる。「人類の真の歴史を再構築すべく、ディーはあれらの石を使った。天使たちがヤハウェに挑戦し、人間の祖先たちと交わったために、ぼくらの体内には神の血が流れている。そのことを彼は発見した。そしてさらに突き止めたんだ。神の怒りはアダムとエバの追放後も、大洪水のあとも、収まらなかったことを」

「どういうことなの？」

「アダマンタたちが第3の堕落について語ったんだ。それはエノクも予告していたもので、遅かれ早かれぼくらは火で焼きつくされる。人類は再び危機に瀕しているんだ、フリア。だからぼくらの結婚の日にそのことを心に刻んでおきたい。いつかきっと、ぼくらは力を合わせて、人類を救わねばならなくなるはずだから……」

28

現実の世界では、さらにおかしな事態が展開していた。

数分前まで大聖堂上空を漂っていた発光雲が、地表すれすれの位置まで降りてきて、アーケードに忍び込んだ。雲はレンズ豆大の粒になると、やがて伸縮自在の靄《もや》と化し、花崗岩の敷石の上に広がり、行く先々に染み込んだ。

それらの地球プラズマは荷電粒子を含んでいるため、ひとたびまき散らされたら甚大な影響を及ぼす。広範囲にわたってあらゆる装置の機能を停止させ、動物の神経系統を麻痺させてしまうのだ。オブラドイロ広場に着陸している、ヘリコプターの乗組員たちが身につけているような特殊な衣類――アース線のように電気を地表に放電する仕組みになっている――で防護しなければ、その影響を免れることはできない。

「よし、作戦開始だ！」

シェイクは〝箱〟が開いているうちにすべき行動を、あらかじめ全員に指示していた。ボデ

28

イスーツに装着された特殊なライトをカバーから外して点灯し、警察が包囲している広場で唯一のカフェテリアへと急行する。そこにフリア・アルバレスがいるのは明らかだ。

3人はぴくりともせず倒れている制服姿の体を巧みに飛び越えていく。どれもこれも、うつろな目を剝いて、カフェテリアの入口付近に転がっている。当然、何の抵抗も示さない。店内の床にしゃがんだ状態で見つかったウェイターも同様だ。グロテスクに顔をゆがめ、割れた皿の破片に囲まれている。

「効力はどのぐらい保《も》つんですか、尊師？」

ワースフィー——髪をポニーテールにまとめ、頰に蛇のタトゥーを入れている——の問いに、前を歩いていたシェイクが振り返る。

「問題はどれだけ保つかではなく、どれだけ人間に影響を及ぼすかだ。中には二度と目覚めない者もいるのだよ、同志。それは個々の耐久力による」

ライトで店内を隈なく照らしながら、シェイクは話題を変えた。

「おまえは大聖堂の中でマーティンの妻を見たんだな。顔で見分けがつくか？」

「間違いなく」

三方に分かれ、黙って店内を進む。どのテーブルも空だったが、ワースフィは奥まったテーブルの足元にふたり分の体があるのを認めた。一体は背が高い筋肉質の男で、うつぶせになって伸びている。もう一体は女で、椅子からずり落ちたらしく正座の状態で、壊れた人形のように首を折ってうつむいている。

ワースフィは一方の手で肩を押さえ、もう一方の手をあごに添え、顔を持ち上げた。彼女だ。フリアだ。会話の最中に死――あるいは〝箱〟が引き起こした現象――に見舞われたらしく、目を見開いたままだ。〝美しい緑の瞳だ〟と思った。

懐中電灯の明かりが顔に当たると、瞳が収縮した。

アルメニア人青年は微笑む。

「ここにいました」ライトを消さずに告げる。

やってきたシェイクは彼女にほとんど注意を向けなかった。隣に倒れている黒いスーツ姿の巨体の横にしゃがみ込み、あおむけにして顔を見ようとしている。

男の人相を確認すると、表情を曇らせた。

「どうかしましたか？」

落胆の面持ちで、師は首を振った。

「おまえの見方は当たっていたよ、ワースフィ。あやつらはマーティンのあとを追っている。この男とは旧知の仲でな……」

29

幼い頃から、わたしはこんなふうに聞いていた。

人は死ぬと、暗いトンネルの向こうにまばゆい光を目にし、抗いがたく惹きつけられる。また同時に、死んだ家族や友人たちが現れ、安心して光の方へと進めるように導いてくれるともいう。誰も——おそらくエノクを除いては——戻ることのできない、その先の世界へと。

けれども実際、その時が訪れてみると、わたしは孤独の内にいた。思考がさまよう経路は無の極致だった。静寂。虚無。唯一感じたのは、期待していた光がわたしの内部に火をつけたことだ。わら山に放たれた松明《たいまつ》のような、怪しい炎が全身の神経細胞を燃やし、ぱちぱちと弾けるような痛みが走った。ひと呼吸ほどの瞬間だったのに、わたしを弱らせ、破壊した。けっしてこの世に戻れないように、残留していたわずかな力まで焼きつくされたようだ。

〝死んだんだ〟。その状態でも思考しているという、驚くべき事実に気づくことなく、あきらめ気分で繰り返す。〝いまや闇しか残っていない〟

それは明らかに間違いだった。網膜に詰まっていた記憶が再び激流となって流れ出し、あっという間にわたしを満たし始めた。

まもなくまぶたの裏に別の記憶が勢いよく現れたが、それを見てわたしは困惑してしまった。死後の世界での人生回顧は、幼児期から順を追うものだと思っていたが、どうやらそうではないらしく、描き出されたのは先ほど見ていた結婚式直前の場面の続きだった。

マーティンがわたしのバッグから石のひとつを取り出し、グラハム神父のキッチンのテーブル上に叩きつけるようにして置く。

「とくとご覧あれ！」

婚約者に仕草でうながされ、わたしも自分の石を隣に置いた。

虚をつかれたビドルストーンの教区司祭は、わたしたちの魔よけ石をほれぼれしながら見つめている。

「マーティン、これらがあの……？」

「ジョン・ディーのふたつの石です」

「アダマンタ……かね？」

マーティンはうなずく。

「きみの母上から散々聞かされてはいたが。こういったものとは思ってもみなかった」

29

「誰もがもっと洗練されたものや、磨き抜かれたもの、大きなものを想像するものです」と同意する。「ディーの〝煙を吐く鏡〟のようなね」

「〝煙を吐く鏡〟って？」

わたしの問いにふたりは笑い出す。

「フリアったら。何も知らないんだから！」マーティンの小言は優しさに溢れ、嫌味な感じはしなかった。「ジョン・ディーの死後、蔵書やコレクションの大半は英国人収集家エリアス・アシュモルの手に渡った。この人物はロンドン王立協会の創設者のひとりで、近代科学の主唱者とみなされていたが、実は秘教にも通じていてね。天使との交信は可能だと信じ、それを推奨しているひとりだった。ディーの遺品の中から〝煙を吐く鏡〟を発見すると、目的達成のために使おうとした。アステカ起源の黒曜石の鏡で、現在大英博物館に保存されている」

「その鏡は少なくとも変わった外見をしているが、これらは……」手に持って重さを計りながら、グラハム神父は口にする。「あまりにありふれている」

「そう思われても仕方がありません。由来を知らない人なら、石が動き出すまで気づかないでしょうから。だからぼくら所有者は、この石を持って国から国へと移動するたびに、税関で申告しているんです。紛失した場合に備えて、その都度たどった経路を残すために」

「イギリスから外へ持ち出すつもりかね？」

「たぶん」

「ひとつ訊くが、きみはこれが地球の物質と考えているか？」

神父の質問には呆気に取られたが、マーティンの答えの方が数段上を行くものだった。

「見た目はそうですが」と彼は言う。「うちの母ならこう答えるでしょうね。『世界のどの岩石圏からも同種のものを見つけることはできなかった』と」

神父は興味深そうに再びひとつめの石に触れた。

「母上はどこでこれらの石を？」

「わが家に伝わる家宝の『エノク書』と一緒にしてありました。古書の装丁に組み込まれていたんです。昔は貴重な書物のカバーが宝石で飾られることが多かったので」

「ほかの『エノク書』にも石がはめ込まれていたか、わかっているの？」と口を挟む。

「いいや、フリア。そうだったとしても、見つかってはいない。ぼくの両親はアダマンタを何年も探し回ったけど、得られたのは石についての言及だけだ。伝説や征服者たちの年代記といった文書の中で述べられている。アメリカ大陸の民間伝承ではいたって一般的だ」

「アメリカで？」

熱心にふたつの石をいじっていたグラハム神父だったが、マーティンに返却すると会話に加わってきた。

「アダマンタに関する言及は」とマーティンの代わりにわたしに答える。「大洪水の逸話と同じぐらい至る所に存在している。きみはナイムラップの伝説について聞いたことがあるかね？

29

ペルーではよく知られた話だが」

「フリアはそういったことにまったく関心がありませんよ」とマーティンが横槍を入れる。

「そんなことはないわ！　もちろん関心があります」

「いつから？　神話学についてきみが話しているのを聞いたことなんかないけどな！」

「今日からよ。新しいことを始めるにはいい機会じゃないの」と応戦する。

司祭は嬉しそうに続けた。

「ナイムラップは先コロンブス期の伝説上の人物で、大船団を率い、これらと同じような石に導かれてペルーの海岸にたどり着いた。航海中、石を通じて神々の教えを聞き、針路を見失うことはなかったと先住民たちに語ったという」

「面白いですね。そういった石の言及で最古のものは何か、ご存じですか？」

「もちろんだよ」と微笑む。「石を操るパイオニアはシュメール人たちだ。とりわけ秀でていたのはアダパという人物だったそうだ。アダパはアダムとの共通点が指摘されている。また、神々の地へと上昇したアダパの逸話はエノクの冒険とも酷似し、両者は同一人物と目されている」

グラハム神父はそこで考えを整理するように一旦口をつぐむと、話を再開した。

「古代神話はそういった説明しがたい相似性で溢れている。文化や風土がどうであれ、英雄たちはつねに同じ使命に献身し、似たような聖遺物に執着する。もう何年も前になるが、わたしはそれを研究論文のテーマに選び、人類が何千年もの間、死、神々との接触、愛とそれにまつわるものという、本質的には同じテーマを追い求めていることを論証した」

「本当ですか？　神父様のご専門は？」

「比較神話学だ」

「で、具体的には何をテーマに取り上げたの？」

「まさに大洪水に関する伝説をだよ」

「それはすごいわ」

「大洪水は世界で最も広範囲に見られる伝説だ。それに最も均質のものでもある。バビロニアでも中南米でも語っていることは基本的に同じ。世界共通の、先祖の恐怖の反映だ。たとえばシュメールのウトナピシュティムはわれわれのノアと同類項とみなされている。ギリシアのデウカリオン、古代インドの『リグ・ヴェーダ』に出てくる英雄マヌもしかり。洪水に襲われる前に、山の頂上に船を引っ張り上げた。彼らはみな、大洪水を生き延びた。神が大災害の到来を告げ、似たような船の建造を指示し、それによって命拾いした」

「似たようなではなく、同じ船です！」とマーティンが訂正する。「シュメールの粘土板に刻まれた物語は、『ギルガメシュ叙事詩』として知られ、聖書の箱舟と同じ様相の船の建造について言及されている。唯一の違いは、シュメールの方が、大洪水の唯一の生存者、ウトナピシュティムからギルガメシュ王が聞いた体験談として語られる点だ」

29

ふたりに比べわたしは何て無知な人間なんだろう。自分の教養のなさに情けなくなった。『ギルガメシュ叙事詩』の名を耳にしたことはあっても、それが書かれた時代――およそ4000年前――のことなど、まったく知らない。わたしの歴史の知識などその程度のものだ。

「お願い、続けて」とマーティンに頼む。

「これはとても興味深い物語でね、フリア。人間が老いて死ぬよう運命づけた神々に怒り、人類史上、唯一死から逃れた人物を探すと決意するギルガメシュの冒険譚だ。何世紀も前に生きた謎の王、不死の人ウトナピシュティムと会って永遠の命の秘訣を得たい一心で、神々や恐るべき怪物たちと戦ったギルガメシュは、ウトナピシュティムと会見する栄誉を得、そこで大洪水の真相を聞かされる。種の堕落で人類の生命が劇的に断たれたと。ぼくの見方では種の堕落、つまり遺伝子の衰退は約1万2000年から1万1000年前にかけて発生したと見ている。人類が何らかの有毒な種と交わったために」

「エノクが『神の子ら』と呼んでいた？」

「おそらくは」

マーティンがシュメール神話にあまりに詳しいことに、わたしは戸惑ってしまった。読書が趣味とは知っていたが、こんなに幅広いとは思わなかった。

「どうやって時代を推定したの？」

「古気候学の観点から、どこで自然災害としての大洪水が起こったか割り出したんだ」

「でも、どうしてそんなに興味を持ったの？　歴史家でも遺伝子学者でもないのに！」

「それはね」とにっこりする。「実際、それらの神話には、人類が最初に経験した世界規模の気候変動の編年史が隠されているからさ」

「それだけの理由で？」

「いいかい、ギルガメシュとの会見でウトナピシュティムは、人類滅亡から彼を救ったのがエンキ神であることを明らかにした」

「よくわからないわ。ひとりの神が人類を救ったのなら、誰が人類を罰したの？」

「ちょうど説明しようと思っていたところだよ、シェリー。シュメール人たちは人類の破滅をもくろむ神を、エンキの兄弟で永遠のライバル、エンリル神として描いている。バビロン捕囚時代にこの物語を借用する際、ユダヤ人たちはその名をヤハウェに変えたんだ」

「いや、それは確かなことでは……」渋面で否定するグラハム神父。

「十分考えうることですよ、神父様。ヤハウェもエンリル神も、支配的で性格の悪い神だ。とりわけエンリル神は、卑しく騒々しいと人類を目の敵《かたき》にし、聖書のヤハウェと同じく、根絶やしにすることにした。幸い兄弟のエンキ神が賛成せず、機転を利かせてウトナピシュティムに、エンリルが画策している大洪水から避難する船の建造を指示する。水圧に耐えられるよう棺のような外観の大きな船だったと考えられている。そして自分と交信できるよう、ウトナピシュティムにふたつの石を授けた」

29

「ふたつの石……」

「物語の最後にギルガメシュは、ウトナピシュティムが不死なだけでなく、若さを保ったままだったと断言している」

「石のことは？」

「神々が創った人工石で……唯一神々を呼ぶ力を備えたものだったそうだ。だから神聖な儀式だけで用いられ、それを使うと特別なエネルギーを与えられ天に達することができたという」

「それで今日、石たちを使うつもりなの？　わたしたちの結婚式で？」ようやくすべてがつながり、合点がいった。

マーティンがうなずく。

「そのとおりだ、シェリー」

30

ベニグノ・フォルネスは老体に鞭打ち、大司教館と大聖堂を隔てる道のりを駆け戻った。息せき切って秘書室前に到着すると、善良な秘書が扉を開けてくれるまで叩いた。懐中電灯を手に汗だくになって、目玉が飛び出さんばかりの形相の老司祭に、出てきた秘書はさぞかし驚き、正気かどうかを疑ったに違いない。重大な案件ゆえにやってきたのだと主張するフォルネス。かなり神経が立っているようだ。とにかく猊下に直接見てもらうしかないと、繰り返してやまない。

「こんな時間に？」と秘書は咎める。

「猊下とわたくしとの懸案事項で申し上げるわけにはいかないが、是が非でもお伝えせねばならない一大事で……」

「一大事？　誰にとっての？」

「教会にとってのです」

30

呆気に取られた秘書だったが、相手の勢いに気圧《けお》された。

「わかりました、フォルネス神父。猊下に取り次ぎましょう。ただし、あとの責任は全部取ってもらいますよ」

「お願いですから、急いでください」

午前4時数分前、ようやく青白い顔をしたファン・マルトスが秘書室前に現れた。会見が承諾されたのだ。焦りを鎮めようと両手を組んで祈りながら廊下をぐるぐると歩き回っていた主任司祭は、大司教に駆け寄る。黒スーツのローマンカラーのホックを留めながら、猊下は怪訝な表情で挨拶した。

「それで、折り入って伝えたい一大事とは？」

「お休みのところ申し訳ございません、猊下」司祭はたどたどしく話す。「説明はさておき、ぜひとも猊下にお見せしたいものがございます」

「見せたいもの？　何かね？　どこで？」

「大聖堂の中です」

「現場検証が終わるまで閉鎖しておくべきと、あなたには指示したつもりだが」

フォルネスは無視して尋ねた。

「事後報告の際にお話しした、しるしのことを覚えておいでですか？」

またかとマルトスはうんざりした。大聖堂の主《ぬし》ベニグノ神父には弱ってしまう。おそらくは先ほどの銃撃戦と関わることだろう。

「もちろん……」困惑ぎみに答える。「ですが、伝説について語り合うのは朝食の時間まで持ち越してもよいのでは？」

〝伝説だって？〟不満げに顔をしかめるフォルネス。

「それはできません」と反駁する。「猊下はコンポステーラへ赴任されて3年足らずですが、わたくしは40年以上勤めております。どうしてもいますぐお見せしなければならないのです。時間を無駄にしている場合ではございません。大聖堂における先の事件は偶然ではなかったのです。ようやくそのことが判明して……」

根負けした大司教は興奮した老司祭に従うことにした。フォルネスは三たび同じ経路をたどり、大聖堂に入ると、中央祭壇を挟んで翼廊を北から南へ突っ切り、テープで囲われたプラテリアス門付近まで上司を案内した。

「40年前、前任者から興味深い話を聞かされました」と語り出す。「少なくとも500年、この大聖堂は最西端にあるキリスト教の聖地とみなされてきました。世界の果ての教会といった触れ込みで」

マルトス大司教は何も言わなかった。突っ立ったまま、注意深く話に耳を傾けている。フォルネスは続けた。

「12世紀にローマ教皇庁は、天の御国が到来した際、コンポステーラは最初にその輝きを目に

30

する場所になるという見解に達しました。そこで秘密裏に、その役目にふさわしい象徴で大聖堂を装飾することに決めたのです。古代ローマの古い装飾は取り除かれ、黙示の使命に見合った別の装飾に置き換えられました。栄光の門はその計画の第五元素が具現化したものです。ご存じのとおり、あれらのイメージは世界に新しい秩序を与えることになる天の都、新しいエルサレムの到来を告げたものです」

「それで？」

「その秩序は『ヨハネの黙示録』で語られている、神秘の書の七つの封印が開かれる時に知らしめられると信じられていました。世界終末が来た際、われわれを天の御国へと導く天使たちの受け入れ方が示された書物です。当然ながら、それに近づくためには、封印を解かねばなりません」

猊下は信じられないといった様子でまばたきした。

「あなたはこれがそのひとつだと信じているのかね？」

「信じる、信じないの問題ではございません。当大聖堂に出現したのは事実です。猊下にお見せしたかったのはそれなのですよ」

「フォルネス神父、わたくしは……」

「何もおっしゃらずに、とにかくご覧ください。あなた様の目の前にある、あれです」

フアン・マルトスはたわ言など信じる気はこれっぽっちもなく、身をかがめて主任司祭が指し示した壁の一点を見つめる。実際そこには、中世の老練の石工たちの技を超えた緻密さで完璧に刻まれたものがあった。黒っぽく、切ったのか彫ったのかは特定できないが、A４サイズの大きさで大文字のLを逆さまにしたような形状を示している。指先でなぞり、じっくり眺めてみるが、主任司祭が興奮して主張するほど大したものには思われなかった。単なる何語かのアルファベットではないか？

「ケルト文字かね？」とあてずっぽうに言ってみる。

「いいえ、猊下。ヘブライ文字でもありません」とフォルネスは先手を打つ。「地上に存在する言語にはないものです」

「何だかおわかりか？」

主任司祭は即答を避け、首を横に振った。

「おそらく今宵、ここで撃ち合いをした人物ならば、その問いに答えることができるかと。警察の話では、男がこの場にひざまずき、祈っているか、壁に何かを探しているような様子だったのを、学芸員のひとりが目撃しているとのことです」

「それがこれだと？」

フォルネスは重々しくうなずいた。

「よろしいですか、猊下？　何者かが『黙示録』の封印を解くべく、この大聖堂内で第１の封印を発見したのです。なるだけ早くその男を捕まえて、事情を聞かねばなりません」

30

マルトスはフォルネス神父を限りない哀愁とともに見つめた。〝可哀そうに〟と思った。〝どうやら気がふれてしまったようだ〟

31

「ご参列のみなさん。このセレモニーを小話から始めることをお許し願いたい」

6月の素晴らしく晴れ渡った日の正午、グラハム神父はそう言って結婚式を開式した。先ほどまでマーティンやわたしと熱く語り合っていたことなどすっかり忘れたかのように、一風変わった式の進行に全神経を集中し、鋭い目つきで参列者を確認している。

信者席の前から3列めまでで十分なほどの招待客。祭壇手前、中央に置かれた新郎・新婦席からほんの目と鼻の先にいる彼らの表情、服装から仕草まで、鮮やかな記憶が心の奥から噴き出した。

「わたしが歴史に興味を持っていることはご存じでしょう?」と神父は微笑みかける。「とりわけ古代史には入れ込んでいましてね。本日用意した話は、必ずやあなた方の役に立つはずです。なぜ、今日われわれはまさにこの場所に集まったのか、納得されると思います。

さて、6世紀に最初のキリスト教徒がここイングランドに到着した際、彼らがほかならぬ地

31

上の楽園の廃墟に着いたと思ったことは、意外に知られていません。それと同じ印象を抱いていたのが、ローマ教皇グレゴリウス1世でした。四大ラテン教父のひとりで、傑出した賢者だったグレゴリウス1世。彼のイングランドへの関心は偶然生まれたものでした。聖グレゴリウスは教皇になってからもしばしばローマ市内を散歩していました。まだバチカンが豪華絢爛に飾り立てられる前のことで、教皇がごく自然に大衆の間を歩き回れた時代です。ある日、市内の奴隷市場を訪れたところ、競売にかけられる寸前の子どもたちの集団を見かけました。金髪に青い瞳、白い肌で、どの子どもも美しく光り輝いています。純粋な優しさが光を放っているという感じでした。教皇は好奇心から彼らに近づき、どこの出身かと尋ねます。『ぼくらはアンゲル人だ』と答えが返ってきましたが、教皇の耳には〝アンゲロス〟すなわち天使と聞こえたのです。そこから生じた誤解が——それとも誤解ではなかったのか定かではありませんが——われわれの歴史の方向を変えることになります。出身地を聞くや、教皇は子どもたちを買い取って解放し、彼らの国をキリスト教国にする決意を固めます。真の宗教を説くべく後のカンタベリー大司教、アウグスティヌスを現地に派遣し、アンゲランド、つまり天使たちの土地と名づけるよう指示します。イングランドという名はそこに由来しているのです。ここで、天使とみなされた初期のイングランド人の子孫である、友人たちにご登場願いましょう」

グラハム神父はメガネのフレーム越しに参列者たちを眺め、わたしから左に2〜3歩離れた場所に座っていた、シェイラとダニエルに視線を止めた。

「彼らは」とふたりを示しながら言う。「新郎側の親族を代表して、みなさんに打ち明けたいことがあるそうです。それでは、どうぞ祭壇へ」

黄色い派手な花がついた黒フエルトのパメラ帽を被ったシェイラが先に立ち上がった。素敵だった。スパンコールがちりばめられた黒いストラップドレスが白い肌を際立たせ、礼拝堂の天窓の下できらめいていた。高級ブランドの香水の香りを同伴して祭壇に進む彼女のあとを、文句も言わずにダニエルがついていく。癖毛がくしゃくしゃのままだったが、肥えた体を押し込めたツイードの背広と対のネクタイが、前日午後よりも大男を学者風に見せていた。

「グラハム神父、親愛なるみなさん……」口火を切ったダニエルが、咳払いしてひと言告げる。「残念ながら、わたしは今日もなお天使と紳士の見分けがつきません」

いきなり飛び出たユーモアに、思わずみんなが噴き出した。

「いやいや、いまのは冗談ではなく」と上気した顔の前で手を振り、否定する。「フェイバー家の古くからの伝統で、結婚式では『エノク書』の一節を朗読することになっている。ちょうどそれが、太古の時代、天使たちの特定がいかに難しかったかを語った箇所なんだ。天使とは多くの人が考えている姿、背中に羽を生やし、わたしたちの頭上をピヨピヨと飛び回っているあどけない子どものような存在ではない。そうだろう、新郎？」

わたしの隣でマーティンが満面の笑顔でうなずいた。

「どういうこと？」戸惑って囁く。「あの人、講演会でも開こうっていうの？」

31

「きみは神話が好きだって聞いたけど？」祭壇を見つめたまま、彼はちょっぴり皮肉った。「それで、彼らにちょっとした天使学のレクチャーをお願いしたんだよ」

「でもマーティン！」

「シッ。話を聞いてシェリー。いいね？」

わたしたちを一瞥しつつ、話を続けるダニエル・ナイト。

「天使の元々の外見はどんなものだったかを説明させてほしい」そこで声を上げる。「『エノク書』の終盤にノアの父親レメクの体験が語られている。レメクは一族のみなと同じように、金髪で美しく、人の間を気づかれることなく行き交う存在たちを恐れ、彼らを〝番人〟と呼んでいた。アダムとエバの追放後、再び人間が堕落せぬよう、神が見張り役として地上へ送り込んだ者たちだ。それら潜入者は、秩序が保たれているかを確認しながら都市や市場、学校を巡り、神の法を犯す者、社会の平和を乱す者たちに制裁を加えた。いわば秘密警察みたいなものだ。人間たちからは尊敬の対象となっていた。彼らに関するひどい噂が広まり始めるまでは」

ダニエルは太い眉を吊り上げ、声色を変えて緊張感を高めた。

「どうやら多くの番人たちが人間の女たちをはらませたらしく、彼らによく似た子どもが増えている。レメクの妻が青い瞳で金髪の男の子を出産すると、当然彼も不信の念を抱いた。それでその子を〝なぐさめ〟という意味のノアと名づけ、厳しく監視した。だがレメクは、人類を大洪水から救うべく、ハイブリッドの息子とその家族を神がお選びになったとは知らずに他界する。そうなったのは混血児だったノアが、人間でありながら神の声を聞くことができたから。霊媒のように神と交信できたんだ……」

「それはそうと」話の深刻さを和らげるべく、ダニエルの背後からグラハム神父が、参列者やわたしに笑いかける。「そろそろ儀式に移らねばなりませんが、エノクと彼の本に関する説明がまだなので……」

「そうそう、ごもっともです、神父」

　ダニエルが続行させてくれと請うようにしてマーティンを見やる。そして許可されたと思ったらしく、話を続けた。

「ノアの霊媒能力は祖先であるエノク譲りだった。エノクは大洪水の前に番人たちと直接交信し、彼らから多くのことを学んだ数少ない人間のひとりだ。エノクはごく普通の農民だったが、天使との友情を育んだ。天使たちの言葉を学び、天使たちに一歩近づいた信頼のおける人間として、ごほうびのようなかたちで天国への上昇を体験させられた。老いることも死ぬこともなく天国に足を踏み入れた。エノクは天国で山ほど学び、不思議な知恵を授けられた。この世へ戻ってくると、恐ろしい大災害が地球に近づいている、人類にはそれに備える時間がほとんど残されていないと周囲に警告した。しかし同時代人は彼の言葉を無視する。実際、彼の玄孫《やしゃご》ノアが再び言い出すまで、まじめに受け取った者など誰もいなかった。だがその時も、みなさんご存じのように、人々は耳を貸さなかった」

31

「話の途中ですみませんが、ミスター・ナイト」グラハム神父が再度口を挟む。「エノクとは誰か、みなさんにご説明いただけますか？　彼は実在の人物なのですか？」

「もちろんですとも」額に噴き出した玉の汗をハンカチで拭いながら、ダニエルはうなずいた。「一時期パートナーのシェイラとともに、エノクや彼が天国への旅から持ち帰った石について調べたことで、彼の物語が大洪水後に興った地球最古の都市文明、シュメールで生まれた別の英雄伝の引き写しだということを発見した。シュメールでは、車輪や文字、法律、天文学、数学などが発明された。天使についてもその地で初めて語られ、彼らには羽があると描写された。だが、それは羽が生えていたということではなく、天の存在だったことを示す象徴だ。また、天使は人間の最も貴重な宝、不死の能力を奪ったとも非難された。そのシュメールの英雄はエノク以上に、実在した痕跡を多く残している。ギルガメシュ王といい、ユダヤの伝説上の族長と同様、悲痛な死の手続きを踏むことなく神の王国を訪れ、面と向かって神々とやり取りすることができた。

ではここで、その冒険がいかなるものだったか、古代の粘土板文書から採集された物語の概要を紹介しよう。

『ギルガメシュ叙事詩』

《すべては約５０００年前、世界大洪水のあとに起こったできごとだ。

ギルガメシュ――その名は『深い所まで見た者』を意味する――はウルの王に即位したばかりだった。ユーフラテス川の東岸に位置したウルの都は繁栄の極みにあった。遺跡は１８４４年、現在のイラク・バクダッドの南東およそ２００キロの地点で発見されている。その王が存在したのは疑いない。彼は偉大な戦士だっただけでなく、哲学者でもあった。両親や友人たちが死にゆくのを見て、王は気づく。歳月の経過による破滅は戦争よりもずっと非情だ。金持ちも貧乏人も兵士も農民も、屍《しかばね》となって墓に葬られる。自分もしかりだ――そしてその確信が、彼を怯えさせた。

ある日、それらの恐怖を自身の代父シャマシュに打ち明けた。賢く責任感のある男だったシャマシュは、苦悩する王に同情して言った。

『神々が人類を創造した際、死ぬように運命づけたのだ。われわれを不完全にするだけでなく、操作できるように。人間からは生命を奪い、自分たちは生命を保っている。残念ながら、われわれにはどうにもできないことだ』

そして憂き世を忘れて人生を謳歌するよう、ギルガメシュをなだめた。『昼となく夜となく喜び生きよ』というのが、彼の唯一の助言だった。『持てる限りを尽くして人生を楽しめ』

31

ギルガメシュはその助言に従い、繁栄していた王国で逸脱行為に及ぶようになる。中でも激しく非難されたのは、自分の領地で結婚した花嫁の処女を奪う、初夜権の行使だった。これには臣民も怒って反乱を起こし、神々の知るところとなった。神々は彼を制裁すべく宿敵を送り込む。銅の腱と〝空から落下してきた隕石〟の強固さを持つ、神々が創った人間で、名をエンキドゥといった。ところが予期せぬことに、エンキドゥとギルガメシュは無二の親友になってしまう。相手を偉大な戦士だと互いに認め合い、驚くことに会話まで始めた。

ある晩、星空の下ギルガメシュは友情の証《あかし》として、新しい相棒に死への恐怖と、秘密裏に神々の国であるアヌの王国へと旅する計画を打ち明ける。大洪水前の説話で人類が有していたと言われる〝不死〟を神々に要求するために。それらの記録では不死を手にした唯一の人間の名が挙げられていた。ウトナピシュティムという変わった名の王で、彼ならば永遠の命が得られる方法を伝授してくれるはずだと。

ふたりはその不死の人を見つけ出すと誓った。人間の立ち入り禁止区域を旅して回り、恐ろしい怪物たちを倒して、神々が仕組んだ無数の誘惑と罠を乗り越えた》

しかし、彼らがあの世に足を踏み入れることができたのは、何を隠そうエンキ神の助けがあったからだ。ギルガメシュは密かにエンキ神と連絡を取っていた。新郎・新婦がいま、ここに持っているような石たちを通じて」

　わたしはすっかり舞い上がり、首にかけていたアダマンタ入りの薄布袋をもぎ取った。これがわたしを感動させる作戦だとしたら、大成功だったということだ。

　ダニエルは続けた。

「それらの石のおかげで」と言いながらわたしを見る。「ギルガメシュは最悪の試練を乗り越える。甲羅のある怪物や、サソリ人間の部族、2頭の巨大なライオンを素手で倒して。腕力で2頭の獣をねじ伏せる男の姿は、彼を表現する最良のシンボルと化した。最終的にギルガメシュはあの世のどこかにある人工庭園でウトナピシュティムと会見し、5000歳の老人に積年の望みを聞かせてもらう。疲弊したギルガメシュは息も絶え絶えで、ひとつの質問しかできなかったという。叙事詩の11番目の粘土板に記された、ウトナピシュティムがためらうことなく答えた問いはこうだ。

『どうやって永遠の命を手に入れたのか？』

　あなた方は彼が何と答えたと思う？」

32

頬にタトゥーのある若者は、一抹の不安とともに師に問いかけた。

「本当にこやつをご存じなのですか、シェイク？」

口ひげをたくわえた男は黙ってうなずく。カフェテリア「ラ・キンタナ」の狭い店内の壁に、四方から圧迫されたような顔をしている。その場に倒れている男によって引き起こされた、感情と記憶の雪崩に飲み込まれぬよう努めている様子だ。あやつら――師の昔の敵――がやってきたという、ワースフィの洞察力は不幸にも的中していた。

「ニコラス・アレンといってな」精神指導者は絞り出すようにつぶやく。「何年も前に、黒い石を巡ってわれわれと争ったことがある」

ワースフィは気絶している男をちらりと見やった。〝箱〟の電磁波で昏迷に陥っている。回復は難しいだろう。幸い大聖堂では回避できたが、一歩間違うとどうなっていたか。敵の素性を垣間見て思いを巡らした。眉間にしわが寄り、額を二分する傷痕を際立たせ、鼻の下にはどす黒い血だまりができている。転倒の際に顔面を床に強打したのだろう。しかしそんな状態になっても、威嚇するような気迫は健在だ。

「ところで、女は？」敵との再会の衝撃からどうにか立ち直ると、シェイクは弟子が支えている女性を指して尋ねた。ぐったりしていて、赤毛が顔にかかり、ライトの明かりだけでは判別しにくい。「大聖堂で見たのと同一人物か、ワースフィ？」

「そうです、尊師」肯定すると、若者はつけ加えた。「わからないのは、なぜこやつがわれわれより先に彼女と接触したかです」

「同じ経路をたどってきたのだろう」師はしぶしぶ認めた。「マーティン・フェイバーの画像が、ほかにも多くの手がかりを与えていないことを願いたい」

「始末しますか？」

ワースフィの表情が険しくなる。彼にとってアレンは積年の宿敵の化身だ。ラズダンの山岳地帯で教師たちから、アメリカ合衆国を代表する者どもは悪自体が具現化したものだと散々聞かされてきたが、現実にはそれを超えた存在かもしれない。だから、自ら引き金を引いて、そのひとりを始末できるのは光栄の至りだ。

「いや」と師は否定する。「この男の運命は〝箱〟にゆだねよ。最強の敵にふさわしい死を与えてくれるだろう」

戦士は憤りを飲み込み、支えていた体に視線を落とす。

32

「では、彼女の方は？」

「身体検査を」と命じる。「不意打ちはご免だ」

おとなしく従い、女性を床に横たえる。ワースフィが銃器や鈍器を持っていないか検査している間、シェイクはアレンの電子機器を再生させようとしたが、打つ手はなかった。発光雲の電磁パルスにやられ、iＰａｄはうんともすんとも言わない。

ワースフィは鉛繊維とチタンでコーティングされたライトで照らし、両脚、胴体、首、手首と順番に触れ、念入りに調べていく。その間、フリア・アルバレス女史はまったくの無抵抗だった。

危険物は何ひとつ所持していない。身につけていた金属類は首から鎖でぶら下げた十字架とメダルだけだ。手に取って見たがつまらぬものだった。次いで、バッグの中身を全部取り出し、大きさ順に並べてみるが、そこにも武器になりそうなものは見当たらなかった。

「何も持っていません」と報告する。

「確かか？」

「はい」

シェイクはフリアの硬直した体と弟子が並べた所持品を興味深げに眺めた。

「そのメダルは？」

「大したものではありません、尊師」

「見せてみろ」

若者はためらうことなく師に差し出す。小さな銀の薄板に浮き彫りにされた盾形紋章がきらめいている。1艘の船の上に鳥が飛んでいる図で、謎めいた言葉に囲まれていた。

《始まりと終わり》

それを目にした師の顔は、なぜだか急に輝いた。

「おまえはまだまだ修行が足りんな」小躍りしたい気持ちを抑え、弟子に向かって囁く。面目を失い、ワースフィは頭を垂れる。

32

「これが何かわかるか？」

若い戦士は視線を上げてメダルを見るが、かぶりを振った。

「石のありかを告げるしるしだ」シェイクは自ら答えを明かすと、かすかな嫌みを込めて言った。「気の毒なことに、異教徒たちには読み取ることができなかったらしい」

33

死後の世界を巡る旅で、驚いたことはほかにもあった。

子どもの頃から妙に心惹かれたあの世を扱った物語にも、どんな芸術作品にも描かれていない細かいことだ。肉体が消滅し、脳がなくなっているのにどうやって知覚しているのか。臨死体験者の証言と違って、わたしが見たのは生命の根源や至高の愛といった漠然としたものではない。人生そのもの、失ったばかりの人生そのものだ。とはいえ、根本的な違いがある。別の視点から見られるようになっている。しかもより正確に、はっきりと。死のベールを通り抜けた途端、鋭い視覚を得たのか、生前に起こっていたことがようやく納得できた気がする。

物質界から消えるに当たり、わたしの魂には人生で鍵となった瞬間、結婚式の場面を振り返る機会が与えられたのだろう。テレビカメラで撮影された映像を観るように、起こったできごとを眺めるわたし。〝神の目で見ているみたいだ〟と思った。

これから話すのは、その最中に知ったことだ。

33

ダニエルによるギルガメシュとウトナピシュティムに関する怪しげな大演説の終了後、参列者のひとりが席を立ち、ビドルストーンの礼拝堂から出ていった。

それはアルメニアからやってきたマーティンの古い友人、アルテミ・ドゥジョクだった。実業家で世界有数のテクノロジー関連企業の大株主。結婚式の数日前、〝世界の果ての男〟というタイトルとともに、彼が顔写真入りで新聞に掲載されているのをマーティンが教えてくれた。ミスター・ドゥジョクは当時、スヴァーバル世界種子貯蔵庫の建設計画に一枚嚙んでいた。地球上の植物多様性の確保のため、世界中の種子を集めて冷凍保存する大プロジェクトで、ノルウェー領スヴァーバル諸島・スピッツベルゲン島の永久凍土の地下にいかなる大災害にも耐えうる貯蔵庫を建設するというもの。完成すれば約25億個の種子が保存可能だという。〝種子の箱舟計画〟とも呼ばれていると、マーティンは言っていた。アルテミ・ドゥジョクの企業は、貯蔵庫の安全管理と情報処理の開発を任された。しかし同記事では軍需産業との関係も取り沙汰され、慈善家としてのイメージアップが目的ではないかとも指摘されていた。

初対面の印象は気難しい大富豪。資産に見合わぬ安っぽい装いで、どこか陰のある男というイメージだった。実際、ミスター・ドゥジョクはその役に徹するべく、他の参列者たちとほとんど言葉を交わさなかった。自分は特別な人間だと感じていたのかもしれない。護衛も運転手もつけずに単独でやってきた。日に灼けた肌と濃い口ひげで、必要以上に注目されないためにか、遅れてやってきて後ろの席に着き、ぼんやりと携帯端末の画面を見つめていた。

だからダニエルの長話が終わるや、電話がかかってきたふりをして礼拝堂の奥へ退き、そのまま表へ出たアルテミ・ドゥジョクに気づく人はいなかった。庭園墓地の方へ曲がり、あとをつけられていないのを確認すると、ドゥジョクは携帯端末をコートの内ポケットにしまい、駐車場へと向かった。

驚くことに死後状態にあるわたしには、難なく彼のあとを追うことができた。その後の彼の行動を見たが、まさかそんなことが行なわれていたとは予想だにしていなかった。

リモート・コントロール・キーの信号を受けて、数メートル離れたBMWのハザードランプが点滅する。トランクが開くと、5万ポンドの高級車には不釣り合いの中身が見えた。泥だらけのつるはしとシャベル、薄茶のスポーツバッグ。

コートと背広を脱ぎ、ネクタイを外してトランクにしまい、シャツを腕まくりすると、人目を気にするように周囲を見回した。しかしドゥジョクはひとりだった。教会に隣接するツタの絡まる塀に囲まれた7軒の家は、どこも鎧戸を閉ざし、しんと静まり返っている。薄茶のスポーツバッグをためらうことなく肩に背負い、男は歩き出した。

〝何をするつもりかしら？〟と、わたしはそわそわした。

礼拝堂後陣の裏手に着くと、ミスター・ドゥジョクは妙なことを始めた。地面にスポーツバ

33

ッグを置き、作業用の道具を取り出す。防塵マスクで顔を覆い、ブランド物ではないごく普通の作業着を羽織り、ゴム長靴にスラックスの裾を入れ、登山用の折りたたみスコップを取って腕時計に視線を走らせる。急いでやり終えねばならないらしい。目の前には幅も深さも1メートルほどの深い穴があいていた。

それは昨晩彼自身が掘ったものだと、なぜだかわたしは理解した。あまりに怪しすぎる。結婚式の最中に脱け出し、友人のマーティン以下全員に背を向け、何を掘り出さねばならないというのか。しかしまさにその決定的な瞬間にやらねばならぬという切迫した様子で、ドゥジョクは作業を開始した。

穴は石ころだらけの湿ったロームに覆われていたが、大した労力もかからなかった。5～6回スコップで土をかくと金属らしきものに当たった。彼はさほど驚きもせず、無表情のままだった。そこにあることはわかりきっている、自分を待っていたのだと言わんばかりに。

最初はスコップ、次に素手で、アルテミ・ドゥジョクは掘った。現れたのは鉛でできた小ぶりの櫃だった。ガスコンロぐらいの大きさだろうか。錆に覆われ、かなり古そうだ。見たところ、蝶番《ちょうつがい》や鍵といった金具はついていない。絵も描かれていないし、文字も彫られていない。地中の湿気が内容物に影響を与えぬよう、入念に溶接してあるように見える。

お宝を取り出す段になって初めてドゥジョクはためらった。ゴム手袋を金属手袋に替え、櫃をしっかり支えるため、ゴムのベルトで固定した。掘り出す物が自身を麻痺させる危険がないことを確かめると、慎重に穴から引っ張り上げ、足元に置いた。

その後、目にした光景にわたしは戸惑った。どうして死んでしまってから示されたのか、いまだにわからない。

掘り出した櫃の上蓋をのみでこじ開けていると、強いアンモニア臭が噴出し、ドゥジョクは片腕で顔を覆った。目に見えないほどのかすかな湯気が、柱となって天へと立ち昇る。アルメニア人は何やらうなったが、怖がってはいなかった。櫃の中を覗き込んでから、顔を覆っていた腕を下ろす。口ひげが反り上がり、満足げな表情を浮かべた。

何を見て彼がそんなに喜んでいるのか、近づいて調べることはできなかった。何となく櫃の中に表面が傷だらけの黒っぽいものが入っていたように思われただけだ。幾何学模様の一部と思しき引っかき傷のような刻み目がついたタブレット。後陣中央の窓の下に櫃を移動させようと慌てる男の背中に遮られ、どうやったのかは見ることはできなかったが、彼が操作の仕方を知っていることだけはわかった。

「Sobra zol ror i ta nazpsad !」突然未知の言語で唱え始め、声の調子を上げてつけ加えた。

「Graa ta malprag !」

ミスター・ドゥジョクは、先ほどまでの陰のある男ではなくなっていた。俗人的な風貌を脱ぎ捨てた顔は超人的なものへと変わり、瞳をぎらぎらと輝かせている。

「Sobra zol ror i ta nazpsad !」と繰り返した。その声は一帯に響き渡った。

33

するとが起こった。

二度目にその言葉を発した時、櫃の内部が輝き、一瞬、光の炎が天へと発せられたのをわたしは見た気がした。稲妻のように強烈でいてはかなく、鉛の櫃の上を弓なりに反ると、結婚式が行なわれている祭壇と外を隔てるステンドグラスに向かって進んだ。

わたしはごくりとつばを飲む。彼は呪文によって封印を解き、物体を覚醒させたのだ。俗人には理解できない魔法の言葉を用いる行為——結婚式前日のシェイラ以外に、それをする人を見たのは初めてのことだった。

アルテミ・ドゥジョクとは、いったい何者なのだろう？

34

キンタナ広場への最後の斜面を突破すべく、フィゲーラス警部がプジョー307のアクセルを踏み込んだ瞬間、90馬力のエンジンが力尽き、車体が坂を後退し始めた。

「おいおい、今度はおまえかよ？」警部は歯ぎしりし、ハンドルを叩く。

ご主人様を喜ばせるべく最後の力を振り絞ったエンジンだったが、きしんで揺れると、とうとう死に果てた。

雨が止んでいたのがせめてもの救いだった。

石畳の際《きわ》に車を寄せて停めると、警部は徒歩で目的地へと急いだ。片づけなければならない問題が山ほど残っている。米国人スパイ……おそらくは2名。高い価値があると思しき石。大聖堂での銃撃戦。危険にさらされた女性。署長の読みが正しければ、大聖堂での惨劇を生き延びた彼女を、直ちに警察の保護下に置かねばならない。少なくともこのわけのわからぬ事態が終息するまでは。それにつけても憎き嵐め。サンティアゴの不安定な大気のせいで、電子機器

34

が軒並みおしゃかになっている。護衛に残した部下たちともかなりの時間、連絡が取れない状態だ。停電の復旧もあまりに時間がかかりすぎている。

うんざりしながらフィゲーラスは派手なメガネをかけ直すと、最後の坂を登り始める。色鮮やかなド・パソ門とその時間帯には閉まっている土産物屋街を背に、医学部前を通る近道を抜ける。数々の未決問題や睡魔との闘いで頭がいっぱいで、大聖堂前にまだ待機中のヘリコプターにまで気が回らなかった。

インマクラーダ広場へと曲がった時、疲労感が一気に吹き飛んだ。黒装束のふたりの男が、ちょうどアサバチェリア門から出てきて大聖堂をあとにしたところだった。深夜と停電による暗がりの中でも、すぐに誰だか見分けがついた。

「フォルネス神父、大司教!」声をかける。「こんな時間に、どうかしましたか?」

フィゲーラスだと気づき、マルトス猊下の顔が輝く。

「警部さん」と微笑む。「何とタイミングのよい」

「そうですかね?」

「本当に願ってもない。主任司祭に起こされて、あなたの部下のみなさんが作業されている銃撃現場へと行ってきたのですが、以前、見たことのないものを見つけましてね。そうでしょう、フォルネス神父?」

ベニグノ・フォルネスは消えてなくなりたいというふうに顔をしかめた。フィゲーラス警部はどうもいけ好かない。

「で、どんなものなんです、神父？」

「それはその……」主任司祭は躊躇する。「銃撃戦が始まった場所を覚えておいでですか？」

「『星の巡礼』のモニュメントの近くでしょ？　それが何か？」

「実は、壁の石積みがひとつ落ちて、それで……」

「もしやあなた方、テープの内側に入ったとか？」

警部の問いにふたりは赤くなる。

「フォルネス神父が言いたいのは」大司教がその場を取り繕う。「壁に現れたもののことです。しるしが」

「しるし？」そう聞いても、アントニオ・フィゲーラスはさほど関心もないようだ。

「主任司祭は2時間ほど前に、大聖堂の見回りをしていてそれを目に留めましてね。これは先の事件と関係あるのではないかと」

「銃をぶっ放した輩《やから》が、壁にサインでもしていったと？」

「い、いえ、そうではなくて……」いらつきながら主任司祭が口を挟む。「起こったことが、大聖堂に侵入し、あなた方が追っている容疑者と何か関係があるのでは、と言っているのです。そのしるしは即席でできるものではありません。賊はそれを見つけたあと、再び隠す余裕がなかったために、むき出しのままにしたのでしょう」

34

「本当かねえ？　警察バッジを貸すから、代わりに捜査してみたら？」

警部の挑発に乗らぬよう、フォルネスは唇を噛んだ。

「そんな取るに足らんことなら、騒動を起こさずとも、拝観時間中にできただろう」

その発言に我慢の限界を超え、フォルネスは怒鳴る。

「信仰心のないあなたには、一生わかるはずがありません」

「わからないって、何が？」

フィゲーラスの目から火花が散った。喧嘩を売ろうってのか。望むところだ。宗教権力に牛耳られたサンティアゴ・デ・コンポステーラで、聖職者を叩きのめせれば本望だ。

「ベニグノ神父」大司教が戒める。「結論を言ってしまいなさい」

「そのしるしは人間によるものではないのです、警部」

「ああ、そうかい。そいつは上等だ」

「それは『黙示録』の天使たちのしるし、シンボルなのです。それを見つけた男は、われわれの聖堂で天使たちを呼び出そうとしている」

警部の口元が緩む。

「『黙示録』の天使たちだって？」

鼻先でせせら笑われ、ベニグノ・フォルネスは拳を握り締めた。

「ばかにしたければすればいい」と鼻息を荒くする。「しかし大地が揺れ始めた時、あなたはこの種のしるしをもっと目にするはずです。反キリストが世に現れ、竜の尾が空を打ち、星々が地に落ちてから文句を言いなさるな。その時、あなたは生きてはおりますまい」

「おやめなさい、神父！」ぞっとした猊下が再び戒めた。

主任司祭の断言に、一歩後ろに引き下がるフィゲーラス警部。その顔から笑みが消える。が、それは老司祭に脅されたためではなく、急に地面が揺れ出したからだ。気のせいなどではなかった。小さなうなりが次第に強まり、耳をつんざくほど大きくなって、敷石から天へと昇り、深夜の只中で3人の男たちを仰天させた。

その正体に思い至り、警部はにんまりする。

幸い、それは「黙示録」ではなかった。

〝なんだ、ヘリコプターかよ！〟と思いながら、大聖堂の2本の塔の間にシルエットを探した。

35

アルテミ・ドゥジョクが式場に舞い戻った時には、グラハム神父が『エノク書』の朗読を終え、特別ゲストに再びバトンタッチするところだった。シェイラおばさんの出番だ。〝聖杯の守り人〟はマーティンが用意した話を聞かせたくてたまらないといった顔で、仰々しいパメラ帽に触れると、『ギルガメシュ叙事詩』のまとめに入った。それらの粘土板文書は間違いなく『エノク書』の多くの節にもインスピレーションを与えている、双方合わせて世界最古の科学年代記のようなものだと。

「そのことを理解するには、わたしたちの祖先の寓話の精神に入り込まねばなりません」と指摘する。「専門用語に乏しかった時代、真実を表現する唯一の道具はメタファーでした」

マーティンはわたしの隣で恍惚として聞き入っている。自分の結婚式が古代神話——〝天使学〟と彼は言っていた——のみごとなレッスンと化したことがよっぽど嬉しいらしい。

「さてみなさん……」シェイラは参列者たちの顔に素早く視線を走らせると、戻ってきたばかりの人物の所で止めて、話を続けた。「自分も不死身になれるかと訊くギルガメシュに、ウトナピシュティムが何と答えたか、知りたいでしょう？」

みな一様にうなずく。

「それでは、シュメール版の神話の結末をお話ししましょう」と専門家の口調で言った。

『ウトナピシュティムの物語』

《ギルガメシュの生まれる何世紀も前に、ウトナピシュティムは別の大きな都市シュルッパクを統治する王だった。シュルッパクの遺跡は考古学者たちによって発掘され、実在が確認されている。最初の文明は最盛期に、アジアとアフリカのほぼ全域を支配していた。その大洪水前の時期、エンリル神は人類絶滅計画を始動した。聖書のヤハウェと同様、人間たちの迷走ぶりに落胆していた。そう考えたくなるのも無理もない。人類は反抗的で、神々の意向に従わず、とりわけ騒々しく強情だったからだ。

問題の根本は神々と〝人の娘たち〟の結婚にある。両者が交わることで人類が退廃したというのが彼の主張だった。人間は野心に満ち、不従順で、ますます強くずる賢くなっていく。あまりに神々に似せて創られたためだ。それで最高神である風と嵐の神は、危険な

35

遺伝子を回収することにした。それは地球規模の大災害を誘発して人類を一掃するという過激な策だった。計画を人間たちにはもらさぬよう、エンリル神は他の神々に誓わせた。

しかし、ひとりの神がその計画に反対した。彼の兄弟エンキ神だ。人類はこの神から絶滅を救われた以上の恩恵を与えられている。人類の地上での繁栄は彼によるところが大きいのだ。種としての人類を向上させ、教育するために、〝番人たち〟すなわち天使たちを地上に送り込み、〝人の娘たち〟との間に子孫を儲けるのを許可したのはエンキ神だったからだ。なのに、最初に目に見える成果が現れ、人類初の複雑な社会が築かれ始めた時に、エンリル神は人類を抹殺しようとした。知恵を持った人間は遅かれ早かれ自分たち神々と同等の存在になりかねない。人間を脅威と捉えたからだ。

エンキ神は考えあぐねた。

神々の主神である兄弟を裏切ることなく、どうやって人類の絶滅を阻止しよう？

神々を攻撃することなく、いかに行動しよう？

大洪水の〝D-デイ〟数日前、地球の大気の状態がすでに最初の異変を示し始めた頃、慈悲深きエンキ神は解決策を見いだした。正体を明かしてウトナピシュティムに警告することはできないが、〝偶然〟、王が兄弟神の計画を知ったとしたらどうだろう？ エンキ神は早速、都の中心に十分な高さのある塀を探し、その裏に隠れて王が通りかかるのを待った。

ついにウトナピシュティムが現れた。

エンキ神は塀の後ろから警告する。

『家を壊し、船を建造せよ。富を手放し、命を求めよ。財産を度外視し、生命を救え。生きとし生けるものの種を船の中に運び込め』

ウトナピシュティムは神の声に気づいたが、姿は見えなかった。聞いてはならない話を聞いてしまったと気が動転し、混乱しながら王宮に戻ったが、しるしに違いないと納得するに至った。王は急ピッチでアスファルトを施した巨大な船を建造させた。舳先も艫も甲板もマストもない、大洋に浮かぶ木箱のような箱舟だ。『ギルガメシュ叙事詩』12番目の粘土板には、その後の恐怖がわずかに記されている。大洪水がシュルッパク王国を襲い、王族をはじめ、船に乗り込んだ人々は絶望感に打ちひしがれた。船に乗らなかった者たちは不運に見舞われ、祖国が水中に沈む間に全員溺れ死んだ。

最悪の時期が過ぎ去ると、生存者たちを乗せた箱舟は山の頂上に乗り上げた。絶壁の際《きわ》に座礁し、一方の端は宙に浮いていたと言われている。その状態で七日間、頂の上に出ることなく水が引くのを待った。水が完全に引いてからウトナピシュティム王は箱舟から出て、発見した土地いっぱいに広がって種を増やすよう、みなのものに命じる。そこに人類は生まれた、いや、よみがえったのだ》

35

「この物語はあなた方への贈り物よ」と、シェイラはマーティンとわたしを見て言うと、祭司のような口調で参列者たちに告げた。「今日われらが結びつける新郎・新婦はその漂流者と家族の子孫、人間と神の血が体内に流れる末裔である。エンキ神の聖なる命令に従い、計画を続行するために結婚するのだ。地上からひとりの人間も欠けることがないためと、〝番人たち〟の遺伝子情報の不滅に貢献するために」

「両者が同盟を結ぶ瞬間がやってきたということだ」まだ顔を紅潮させたまま、グラハム神父と並んで後ろに控えていたダニエルが口を挟む。「ふたりとも、石を持っているか？」

わたしたちはうなずいた。

マーティンとわたしが石を取り出すのを待って、ダニエルはそれらを受け取った。

「神の子らがこれらの石を自分の妻たちに託したことを、あなた方はよく覚えておいてほしい」と神秘主義者は言うと、参列者たちに見えるようにふたつの石を掲げた。「これらは人類が生きることを選んだ地上界と、元々の故郷とも言える天上界との合一のシンボルだ」

「それらの石については聖書にもたびたび言及されています」老神父が唐突に割り込んだ。

「モーセは十戒の刻まれた2枚の大きな石板を受け取りました。ヤコブは石の上でうたた寝をして、天使たちが天と地を行き来するはしごを見ています。ここにあるふたつの石は、太古の時代からいまもなお、天と地の合一のシンボルとしての機能を果たしているのです」

「そのはしごを見た時、ヤコブが何と言ったか覚えていますか、神父？」ダニエルが質す。

「《神の家と天国の扉はここにあった！》とね。それまで目に見えなかった父なる神の王国とわれわれの世界をつなぐ入口を石が開いた、と言っているんだ」

　シェイラが厳かにつけ加える。

「あなた方の石はつまり、その神の家に入るための鍵なのよ。そのことをたえず思い出し、命をかけて守りなさい」

　老神父は祭壇上にいるふたりよりも一歩前に進み、両手を高々と頭上に挙げて、わたしたちに起立するよううながした。もう言葉は十分だといった感じに見えた。

「誓いの時がやってきました」と言うと儀式の主導権を握った。「マーティン・フェイバー、汝は〝人の娘〟フリア・アルバレスを妻とし、死がふたりを分かつまで、逆境や不名誉から守ることを、契約の石にかけて誓いますか？」

　グラハム神父の組み立てた誓いの言葉に水色の瞳を生き生きと輝かせると、マーティンは力強くうなずいた。

「フリア・アルバレス、汝は〝永遠の父なる神の子〟マーティン・フェイバーを夫とし、光の敵と対峙する時も闇が近づく暗黒の日々も、つねに傍らに寄り添い、支え、なぐさめることを、同盟の石にかけて誓いますか？」

　背筋に冷たいものが走った。

　メガネのレンズ越しに、神父の厳しいまなざしを感じる。

35

「誓いますか？」と催促された。

「誓います」

「では」神父はダニエルが手にしていたアダマンタを受け取り、わたしたちに差し出す。

「数千年の歴史を持つこれらの石を証人に立てます。Lap zirdo noco Mad, hoath Iaida。きみたちが正しい道をまっすぐに進んでいることは、石たちが証明してくれるでしょう」

そう言うと、粛々とわたしたちに手渡した。

それがその日のクライマックスだった。

石を指先に感じると心臓の鼓動が速まった。石は熱くなっていて、捕まえられた昆虫のように、わたしの手から逃れようともがいている。〝どうしよう、始動しちゃっているわ〟と思ったが、それ以上暴れはしなかった。

手のひらでぎゅっと握ると、アダマンタは震えるのをやめて、繊細な光を放ち始めた。周囲にわからないぐらいの柔らかな輝きが、石の中心から発せられ、一定間隔で明滅している。まもなく別の変化が生じた。前日の午後、シェイラの家では起こらなかったことだ。マーティンの驚愕の面持ちから察して、彼も初めて目にするものらしい。輝きが脈打つたびに、石の表面に影のようなものが映り始めたのだ。毎回同じ文字状の形で、アルファベットのMに似ているがもっと丸みを帯びている。わたしはさらに注意深く見つめてみた。だいたいというような形をしていた。

「Zacar, uniglag od imvamat pugo plapli ananael qaan。今日からあなた方は夫婦です」奇跡に気づくことなく、グラハム神父が宣言した。

その日以来、アダマンタの表面にサインが現れるのを見てはいない。

36

突然、ニコラス・アレンが目を開けた。

〝息ができない！〟陸揚げされた魚のように口をぱくぱくさせる。〝空気をくれ！〟

悪い目覚めだ。

本能的に手のひらを胸へと運び、酸素が肺に入るよう力強く叩いた。急な動きが肺胞に名状しがたい痛みを引き起こす。不意にパニックが増大する。新たな震え、あるいは痙攣が心臓付近で起こっているようだ。軍人はその辺りを手でまさぐり出血箇所を探したが、シャツは乾いている。それ以外の衣服も同様だ。咳き込んだ拍子に胃が収縮し、吐き気を催したがこらえて、超人的な気力で身を起こした。

最初に感じたのは戸惑いだった。

〝どういうことだ！〟

丸腰にされたうえ、床の上を引きずられたらしく、レンガ造りの壁際に放置されていた。どこにいたのか覚えがない。だが暗がりに目を凝らし、硬直したウェイターの顔を見ると、記憶がよみがえってきた。

〝い、いったい何が起こったというんだ？〟

狭い店内は静まり返って真っ暗で、非常口誘導灯でかろうじて座席と出口の位置関係がわかる。どうやらふたりきりで、自分たちを打ちのめしたと思しきものはいないらしい。そう思った途端、全身の筋肉が緊張した。顔面も引きつる。また痙攣がぶり返した。今度のは相当激しく、スーツの上から胸を押さえなければ、心臓が飛び出しかねなかった。

規則的な痙攣の原因《もと》を手のひらに感じ、気分が落ち着いた。

〝携帯電話じゃないか。何を勘違いしていたんだ〟

何の気なしにこめかみに持っていく。

「……アレン？　聞こえるか？」

めまいがして大佐はよろめいた。低温で指先の感覚がなくなり、骨までかじかんでいる。携帯電話も凍ったように冷たい。

どのぐらいの間、意識を失っていたのだろう？

「アレン大佐！　応答せよ‼」

自分の名前を再び聞いて、はっとわれに返った。高性能のイリジウム衛星端末９５５５を耳元に押しつけ、咳払いをして喉を整えた。

36

「ニック・アレンですが……」としどろもどろに答える。

「大佐？　きみかね？」

「はい、そうです」と痛みをこらえながら応じる。

左前腕に打撲を負い、あざができていた。ビープ音が鳴り、電話のバッテリーがそう長くは保《も》たないことを知らせる。

「やっとか！　こちらは長官のオーウェンだ。どこにいた？　いったい何があったのだ？　つながるまでに1時間かかったぞ。1時間もだ！　携帯電話の電源が切られていたため、人工衛星も居場所を特定できずにいた。大丈夫か？」

「ええ、長官。何とか……」

執務室でゆでダコのようになっているマイケル・オーウェンの顔が目に浮かぶ。

「本当か？」その声は疑念を呈していた。「いまどこにいる？」

アレンは周囲を見回し、気絶する前に起こったことを思い出そうとした。カフェテリア「ラ・キンタナ」の床に座った状態で、全身に痛みが走り、頭はドリルで穴をあけられているような偏頭痛がしている。苦痛をこらえて近くに落ちていた自分の銃に手を伸ばした軍人は、最悪の事態を突きつけられた。彼が失神している間、誰かがそこにいたらしい。弾倉は空っぽになり、書類カバンの中はかき回されている。iＰａｄは消えてなくなり、アタッシュケースの中身が床にばら撒かれているのを見ると、念入りに検査されたようだ。

しかし、彼を動揺させることがまだあった。

フリア・アルバレスがいない。

「あ、あの……いま何時でしょうか？」とうめくように問う。

「何時だと？　何を寝言語っておる！　スペイン時間で午前5時半。ついでにワシントン時間も教えてやろうか？」

長官の剣幕に固唾《かたず》を飲む。

「午後11時半だ！」オーウェンが吠える。「こんな時間まで、どこで何をしていたのだ、ミスター・アレン？」

ベテラン軍人は答えなかった。体が麻痺し、汚れていて、しかも喉が渇ききっている。

「現在位置を言いたまえ。対策会議を開くに先立ち、きみの居場所を特定したい」

「くっ……」左腕で支えて起き上がろうとして、痛みにうめく。

「どうやら相当やられているようだな」愚痴っぽくつけ加える長官。

2〜3秒、電話の向こう側の声が押し黙る。

「え？　何だと？」

出口を求め食道を上昇する嘔吐の波と格闘しながら、ニコラス・アレンは立ち上がった。胃が痙攣し、額の古傷が痛み、めまいに襲われる。だが奇妙なことに、何となく身に覚えのある症状だった。

36

「長官、あなた方の友人たちです」相手が聞き漏らさぬほどの繊細な皮肉を言葉に込め、喉を振り絞って告げる。「あなた方の旧友たちがここにいたのです。そしてフェイバーの妻を連れ去りました」

「それはいったい誰の……？」

オーウェンが最後まで言い終えぬうちに、スペインにいる諜報員の携帯電話のリチウム電池が切れた。世界最強の情報機関の長官は、こういった場合の対処法を心得ていた。早々にマドリードの大使館にいる部下たちに連絡し、アレンの面倒を見させよう。

37

どのぐらいあちら側にいたのかわからない。

どうして一度通り抜けたはずのトンネルを引き戻されたのかもわからない。

唯一はっきりしているのは――その思い出は記憶がある限り、わたしにつきまとうことになりそうだが――肉体に戻った時に気分が悪かったこと。すこぶる悪かった。それまで感じていた心の平穏が突如、粉々に砕け散り、それまで味わっていた時間への超越性も奪われた。肉体という古い容器の一部分で、一旦はおさらばしたはずの脳が、プラグを差し込まれて息を吹き返し、全身の隅々まで痛みの信号を発したようだった。

最初の数秒間は、言いようのない不安に駆られた。

頭に爆音を感じる。おそらくそのせいでこの世に引き戻されたのだろう。衝撃で上下に揺さぶられ、全身の筋肉が緊張する。だがそれはほんの序の口だった。続いて無数の針で刺すような規則的な痙攣に見舞われる。その痛みたるや、筋肉を氷のナイフで切り開きながら進んでい

37

るといった感じだ。その後、痙攣は肺に達し、抗いようもなく空気が入って膨張する。荒く呼吸をするたびに新たな熱が湧き起こり、炎の吐息で肺の内部を一掃していく。

ああ、神様。再び死なせてくださいと祈った。これ以上痛みを感じなくても済むように。しかし、無駄だった。

責め苦がどれだけ続いたのか定かでない。確かなのは、苦悩が終わるよりも前に、自分が生き続けているとわかったこと。戻ってきてしまった。わたしはまたしても闘わねばならないのだと。

ばかげた考えがいくつも頭をよぎったが、そのひとつが引っかかって離れなかった。「プラグを抜かれる」前に記録された最後の場面。死んで記憶の穴に落ちる直前まで見ていたイメージだ。マーティンがトルコで誘拐され、犯人たちがわたしのことも狙っている。そのことを言うためだけに、サンティアゴにやってきた男の横顔だった。彼の話によると、犯人たちは、どこにあるかすらわからないものをわたしから奪い取るつもりでいるという。

〝ディーの石〟

いまいましくてならない。

〝天使たちを呼び出す石〟

朦朧としながら、まだ目も開けられないのに、わたしは両手を頭へ持っていき、髪をくしゃくしゃとかき回した。それは祖母譲りの癖だった。頭のつぼをもみほぐし、指で髪をすくと調子が戻ったものだった。ただし、この時ばかりは大した効果は得られなかった。頭をしっかり働せるには、やはり熱いシャワーを浴びて、朝食をたっぷり摂らなければ。すぐにでもそうしたかった。

そこでようやく脳が反応し、わたしはまぶたを開けた。

ええっ⁉

どんなに驚いたか。そこは「ラ・キンタナ」ではなかったのだ。わたしは椅子の背にしっかりと固定されて座らされている。周囲に見えるのはぼこぼこした暗い雲の壁だけだ。

目の前を片手が通り過ぎた。小型の注射器を持っているように見えた。

「ご気分はいかが？　めまいはしますか？」と亡霊の声がする。

そう思ったのはくぐもった声だったからだ。人工的に合成された音声にも感じられる。

次いで、手ではなく正面にいる人物の白いヘルメットに注目した。わたしの前に座り、両耳に手をやり、こっけいな顔をしている。わたしは無力感を覚えたが、まもなく相手の意図していることを納得した。真似をしろといっているのだ。いまのわたしはきっと、麻薬か何かを打たれて幻覚作用が残っているに違いない。けれども相手が再び同じ身ぶりをするのを見て、その考えを打ち消した。仕方なく両耳に手を持っていく。驚きだった。伸び縮みする小さなアンテナつきのヘッドフォンが取りつけられている。好奇心から目で見て確かめようと、耳から外すと、途端にとてつもない轟音で耳がほとんど聞こえなくなった。

37

「わたくしの声が聞こえますか？」

轟音よりも声を上げて相手が訊いた。こちらが答えるのを待たずに続ける。

「結構です。あなたはいま、ヘリコプターに乗っています。怖がらないで。恐れることは何もありません。意識を回復させるためにリドカインを少量投与しました。ほどなくめまいもしなくなるでしょう。ではヘッドフォンをつけて、それを介して話しますので」

「ヘリコプター？　リドカイン？　……意識を回復させる？」

ぼおっとしながら、うなずく男を上から下まで見つめる。どうやら嘘はついていないらしい。どうしてヘリコプターなんかに乗せられているの？　この男はいったい誰？　大量の疑問が押し寄せ、頭が破裂しそうだ。

ヘッドフォンがプチプチと鳴り、ようやく鮮明に相手の声が聞こえ出す。わたしを落ち着かせるように男は言った。

「ようこそ当機へ、フェイバー夫人」外国人アクセントのある英語だ。

「こ……ここはどこなの？」

誤って立ち上がろうとすると、シートベルトに跳ね返される。

「無理なさらずに。まだ安静にしていなければなりません。わたくしたちはあなたの友人。あなたの命を救ったばかりです」

男に見覚えはなかったが、相手はやけに親しげだ。アレン大佐が初対面時に同じような態度を取ったが、彼ではない。機内に大佐の姿を探したが見つからず、正面で楽しそうに微笑む、立派な口ひげを生やした男を認めただけだった。偉そうな顔つき。どうしてもどこで会ったのか思い出せない。スコープつきライフルを肩にかけたふたりの若い手下が、珍種の虫を見る昆虫学者のように興味津々見つめてくるが、彼らとて疑念から脱け出させてくれるわけでは……ところがわたしは気がついた。コックピットの近くに座っている方は、片頬に蛇のタトゥーのある、あの若者だったのだ！

気づかれたと感じたようだが、若者は何も言わずにわたしを見つめている。

「ちょっと！」わたしはシートベルトを外そうともがいた。「あなたたち、まさか……！」

「お願いですから、落ち着いてください、フェイバー夫人」

「でも、わたしはあの人を見たんです！」

口ひげの男はわたしを愉快そうに眺める。

「誰なの、あなたたち？」わたしは叫んだ。「わたしをどうするつもり？」

「おお」男は芝居じみた声を上げ、大げさに悲しんで見せる。「お忘れですか、わたくしを」

「わたしがあなたを……知っていると？」

わたしをさらに困惑させる気だったとしたら、それは達成された。

「心外ですな」と男は再び微笑む。「わたくしの名はアルテミ・ドゥジョク。折よく到着し、あなたにお会いできて本当によかった」

37

「アルテミ・ドゥジョク？」

何てことだ。

最初で最後にこの男と会ってから5年が経過していたが、わたしの脳は彼を認識するのに手間取らなかった。先ほど脱け出た〝死の夢〟で見たばかりだったからだ！

驚きと好奇心がないまぜになった、もやもやした気分で男を見つめた。確かに彼だ。

「ミスター・アルテミ・ドゥジョク」とわたしは繰り返す。「覚えているわ。しっかりと。でも……」

「それは光栄です。ウィルトシャーでの結婚式に招かれていましたからね。マーティンの友人として」

「マーティン！　そうだわ！」わたしは不安に目を見開いた。「あなたは知っているの？　彼の……」

目を潤ませるわたしに、ドゥジョクはティッシュペーパーを手渡してきた。

「存じておりますよ、すべて。でもどうか気を落ち着かせるよう努めてください。あなたが通り抜けた状態についてはわかっています。あなたの脳は20分以上昏睡状態にあった。デルタ波の衝撃にさらされて、ここまで持ちこたえた者はいません」

「わたしをどうするつもり？」彼のたわ言の意味を理解もせずに切り返した。「ヘリコプターで何をしようというの？　警察はマーティンが誘拐されたと……！」

「まさにそのために、あなたとお話しせねばならないのです。犯人たちが送りつけた生存の証拠をご覧になりましたか？」

「動画のこと？」

ドゥジョクはうなずく。

「あの中でマーティンがあなたに伝えたかったことを発見しましてね、フェイバー夫人」

わたしは仰天してしまった。

「ご主人は暗号メッセージを送るに当たり、実に巧妙な手段を使った。自分の妻のようによく彼のことを知っている者にしか明らかにできない……」

「あなたも……それぐらい彼をよく知っていると？」わたしは皮肉交じりに言った。「アレン大佐もマーティンのことを知っていると言っていたわ。同僚だったことがあると。彼はどこ？」

ドゥジョクはわたしの質問を無視した。

「ええ、わたくしのようなよき友人。誰もが欲しがる石を持っている事実を知っている者です。一緒にそれを探し出し、ご主人を救出しましょう」

「石がどこにあるか、知っているの？」

ヘリコプターが雲に突入する際、ひと跳ねした。

「ほどなく到着します。おつかまりください」

38

上昇しろと命じた覚えはない。それは確かだ。

大聖堂の向こうに姿を覗かせたヘリコプターの黒い影に、アントニオ・フィゲーラスははっとした。何かが自分の指揮下を外れ、勝手に暴走し出している。

「申し訳ない。これにて失敬」と、ぎこちなくマルトス猊下に握手し、「あばよ、フォルネス神父。被害届の件は後ほど電話する」と言い残すと、ふたりに背を向け、駆け出した。

この世で最悪の事態だと思った。神父との喧嘩を途中で投げ出したからではない。突然の猛ダッシュが体にこたえたからだ。もはや無理の利く年齢ではない。しかし、何としてでも間に合わねばならない。パイロットを目視し、現状を把握して、責任を徹底的に追及するつもりだった。〝いったいどいつだ。とっ捕まえて罰してやる〟と意気込む。〝絶対にな〟

大聖堂正面に続く下り坂を全力で駆け下りる。汗だくで息を切らせながらオブラドイロ広場に到着する。ところがそこにいたのはサンティアゴ市警のヘリコプターではなかった。どうしてさっきは気がつかなかったのか？　数メートル浮上した機体は市警のヘリより2〜3倍大きく、風車状の二重反転式ローターを持つ奇怪な代物だ。機体上部にメインローターがふたつ、尾部にテールローターがひとつ。機体番号もロゴもなく――少なくとも彼の目では判別できなかった――真っ黒に塗装されている。

ローターの巻き起こす風にあおられながら、見張りを命じておいたパトカーに近づく。車内を目にして一瞬言葉を失った。部下2名が頭を撃ち抜かれ、血まみれで絶命している。どちらも正面を向いたまま、ヘッドレストに頭をもたせかけている。急襲されて応戦する間もなく息絶えたのは明らかだった。

「ちくしょう！」と警部は叫ぶと、ピストルを抜いて空を見上げた。だが、標的はすでに射程距離外だった。1年分の給料を賭けてもいい。ふたりを殺害したのは追跡中の容疑者で、あのヘリコプターに乗って逃走している。目の前で捕まえ損ねたかたちだ。

アドレナリンを放出させ、疾走による息切れもやまぬまま、署長に応援を頼むべく電話をしようとした。すると、コートの内ポケットで携帯電話が鳴った。

「フィゲーラスです、どうぞ」

「アントニオ？　マルセロ・ムニスだよ。お待たせしてごめん」

「何だよ、おまえか。取り込み中なんだよ、おれは！」友人の宝石商と気づいて荒い息をつくと、しゃがみ込んでパトカーの外側を調べながら応じる。「こっちからあとでかけ直す」

38

「どうぞお好きなように」

「まったく、早朝の5時じゃねえか！」

「はい、はい、わかりました。せっかく徹夜でお尋ねの石のことを調べてあげたのに」

1分たりとも失いたくなかったが、通話終了ボタンを押すのはためらわれた。焦りは禁物だ。こんな時間に電話してくるには、それなりの理由があるかもしれないではないか。

「で？」

「何だかわかったよ。聞いて驚くなかれ！」

39

ヘリコプターの緩やかな揺れにはなかなか慣れなかった。それでも水平飛行に入ると、だんだん胃が落ち着いてきて、体の調子が戻り始めた。リラックスするよりほかなかった。不安と混乱に襲われていては窮地から脱することはできない。そこで深呼吸をし、筋肉を緩め、ヨガ教室で習った脚と腕のストレッチをした。効果は五分五分だった。まだこめかみがずきずきし、この世へ戻ってきた怒りと痛みで涙目になっている。

こんなことなら戻ってくるんじゃなかった。死が痛みを伴わない、穏やかな移動であるのを実感したのを思えば、いまわたしが感じているのはまったく反対のものだ。

ミスター・ドゥジョクはわたしが「ナントカ波」にさらされたと言っていたが、いったいそれはどういうことだろう？

ヘリコプターに連れてこられる前に、わたしと話していたのはアメリカ政府の関係者だ。なのに、なぜマーティンを救出する権限を奪わなければならなかったのか？

39

　正面の背もたれの高い革の椅子にもたれているアルテミ・ドゥジョクは、まばたきひとつせずこちらを見張っている。航行中、雲に突入するたびに動揺しないよう努めていると、何やら飲み物を出してくれた。

「お尋ねしますが、フェイバー夫人。ご主人は何の用事でトルコへ行くか、話していましたか？」

　手渡されたアイソトニック飲料を無理して飲み干していると、ドゥジョクが訊いてきた。

「おおよそは……」当たり障りのない答えを考える。「地球上の山脈にある氷河の解氷に関する研究をまとめるためだと聞いています。わたしが大聖堂の修復にかかりきりになっているので、旅行に出るには都合がいいと」

「では、あなたには打ち明けなかったのですね……」

「どういうことです？」飲み物を口に含みながら、すかさず訊き返した。

「マーティンはアダマンタを返しにアララト山へ行ったのですよ。あの石は元々あそこから採掘されたものですからね。ご存じでしたか？」

「そ……それはもちろん」口の中のものを飲み込むと、わたしはごまかした。

「よく聞いてください、フェイバー夫人。ご主人とは何年も前に一緒に働いておりました。世界中に散在している、彼のアダマンタのような希少な石を集めようとしていたのです。それが特別なものだとはふたりとも知っていましたが、一緒にした時に生み出せる力にまでは考えが及んでいなかった。事実、ご主人が確信している生物圏への一撃、すなわち地球規模の大災害を生き延びるために、近い将来、石の持つ能力を最大限に生かさねばならなくなるということを示す兆候を発見しました。ですから、あなたとわたくしは信頼し合って、協力していかねばならないのです。わかりますか？」

ドゥジョクは真顔でそう言った。そこに大げさな言葉や策略めいた影は感じられなかった。

「何を企てているの？　わたしを脅すつもり？」

「そんな気は毛頭ありません。マーティンは最高機密の作戦と関わっていたがために、これまで詳しい事情をあなたに告げられずにいた。それはひとえにあなたを守るためです。そしていま、彼は危険な状態にある。その状況下で、わたくしとあなたは彼を救うために一致団結せねばならないのですよ。それにはあなたの信頼が不可欠です。わたくしについてはほとんどご存じないでしょうが、後悔はさせないと約束しましょう」

「夫の救出に協力してくださると？」

口ひげの男はうなずいた。

「もちろんです。だが、そのためにはあなたの石が必要です。彼がいつあなたにその石を返却するよう言ったか、いつそれを隠したか、覚えておいでですか？」

「だいたいひと月ほど前かしら……」と言ってため息をつく。「彼が出発する直前でした。口論になって、彼に石を返したんです」

39

アルテミ・ドゥジョクはその詳細を知っているかのようにうなずいた。

「彼はそれから、安全な場所に石を隠したか」と、男は考えていることを声に出して言う。「特別な隠し場所、エネルギー・スポットになっているような所で、頑丈なだけでなく、かなりの怪力でないと動かせないような……」

「ずいぶんとお詳しそうね？」

わたしは不信感をあらわに問いかける。

「とりわけ先ほどあなたといたような人間たちが、盗み出せない場所でなければならない」

「石を奪おうとしていたというの？　アレン大佐が？」

「そうです。それがあなたに近づいた唯一の理由です。信じてください。もしも石を奪われていたら、わたくしと再会することなく、あなたは消されていたかもしれません」

ヘリコプターが片側に傾き、頭に血が上った。外を見ると空が明るくなり始めている。まもなく夜明けを迎えるらしい。そういえばまだアルメニア人から、どこへ向かっているのか聞いていなかった。

「だったら、あなたのことはどうして信用できるの、ミスター・ドゥジョク？」

「信用しますよ、時間の問題です」と余裕の笑顔を見せる。「マーティンはあなた方の関係やアダマンタを使って行なったことを、いろいろと語ってくれました。使命を果たしている間に、自分に何かあった場合には、あなたのことを守るよう頼まれてもいます。おわかりですか？

あなたのことを心配していたのですよ。それで、わたくしはあなた方ご夫婦のことをよく存じ上げているのです。おそらくはあなたが覚えていないことまでも……」

「本当？」

「当然です」口角をゆがめると、不敵な笑みを浮かべた。「たとえば、なぜビドルストーンで挙式することにしたか？　どうしてわたくしを式に招待したか？　彼から説明された覚え、あるいは漠然とでもお心当たりがありますか？」

豊かな口ひげをたくわえ、紳士の物腰の男が、信頼を得ようとしているのは明らかだった。わたしはアルテミ・ドゥジョクの両目を見つめた。深く神秘的な茶色の虹彩。少し前にわたしはあの世で、その瞳に火がつくのを見たばかりだった。それは間違いなく同じ瞳だった。

「ええ、あるわ、ミスター・ドゥジョク……あなたはビドルストーンに取りに来たのよ」ヘリコプターの中で目覚める直前に幻視したことを思い出しつつ言った。「結婚式の最中に、教会の敷地から密かに掘り出したものを。違っているかしら？」

男の瞳孔が太陽光線に射られたように収縮した。

「何ともはや……」と口ごもる。「確かにそのとおりです。誰からそんなことを聞いたのか、教えていただけませんか？」

「この目で見たんです」

「いったいどうやって？」

39

「あなたがわたしをここで目覚めさせる直前に」

「それは……」と嬉しそうに、わざとらしく言葉を引き延ばした。「素晴らしい。あなたが昔の能力を保持しているとは。喜ばしい限りですな。再び石を始動させましたか？」

〝この人、どこまでわたしのことを知っているのかしら？〟

「たぶん」と答え、視線を落とした。

「疑念を持たれても無理もない」と男は言う。「だが、あなた方の結婚式で起こったことを納得すれば、それも解消されるでしょう。あなた方は何百年来の天使のしきたりに則って結婚すべくビドルストーンへおもむいたのですよ。聖書の代わりに『エノク書』を用いて儀式を行ない、16世紀に天使と交信すべくジョン・ディーが最後に用いた石たちを使って聖なる誓いを立てた」

「こんな所で天使の話を持ち出す気？」うんざりという気分をありありと示して言ったが、ドゥジョクは少しも動じなかった。

「ジョン・ディーは――ご主人があなたに語ったように――『エノク書』に最初に接し、天使との交信に成功した西洋人です。あなたと同じく神秘主義者ではなく、トランス状態に陥って恍惚となることもなかった。むしろ科学的な人間で、石へのアプローチは理性に基づいたものだったのです。彼は天使を呼び出すために三つの要素を用いました。絶大なパワーを持つ石たち、石から情報を読み取ることのできるエドワード・ケリーという霊媒、記号が刻まれた台あるいはタブレットです。三者はともに機能し、天との交信回路を開いて目の前に出現させる。機能させるには三つが揃い、決まった日時と場所で連動しなければならない。ディーはそれを確かめるために、自らやってのけたのです」

「それらのことが、結婚式の最中にあなたがしていたことと、何の関係があるのですか、ミスター・ドゥジョク？」と圧力をかける。

「わかりやすくご説明しましょう」

「だといいけれど。続けてください」

「晩年ジョン・ディーとエドワード・ケリーは不幸にも、同時代人たちから迫害されます。原因は道具を悪用したからでした。たとえばケリーは傲慢な人間と化し、自身をエノクに始まり、エリヤ、ヨハネと続く預言者の後継者と思い込みました。だが、彼らと違い天使の預言で金儲けに走った。顰蹙《ひんしゅく》を買うのは当然のこと。それで最終的にジョン・ディーも袂を分かったのです。ディーは再び不適切な者の手に渡ることのないよう、石たちを『エノク書』の装丁に秘匿し、それをフェイバー家が代々守ってきた。タブレットはビドルストーンの教会の後陣裏の地中に埋められた。これで納得がいきましたか？　ディーがその場所を選んだのは魔術的な理由からでした。ビドルストーンとはウィルトシャーの古い方言で〝石の聖書〟を意味します。実はディーも自分の装置をそのように捉えていました。本物の聖書として、神の言葉の生きた媒体として」

39

「でも、どうしてそこにタブレットがあるとわかったの？」

「マーティンのお手柄です。あなたと出会う少し前、オックスフォード・アシュモレアン博物館に保管されていたディーの晩年のメモを研究していて発見したのです。その時彼は、ディーの天使を呼び出す装置の復元をすることが、自分の運命だと思ったといいます。ふたつの石は持っている。タブレットのありかもわかっている。そしてサンティアゴ巡礼のためにスペインへ旅してあなたと出会い、交信に必要な霊媒能力があると気がついた。19世紀のイギリスの心霊主義者たちが夢中になった霊視です」

ドゥジョクは息を継ぐと、再び話し出した。

「三つの要素が揃った状態で、タブレットをアダマンタの近くで回復しようと考えるのは何ら不思議なことではありません。４００年間離れ離れになったあと、再びひとつになる。結婚式を祝福で満たすために。天との直通回路を開くことができるのは、あなた方ふたりだけでしょう！」

「だったら、どうしてあなたが招待されたの？」とわたしは食い下がる。

「マーティンがまだ、アメリカ政府の仕事をしていた頃に、彼とはアルメニアで出会っています……」

「彼の仕事については、今日知ったばかりだわ」

「祖国アメリカのために石を探すのはやめるよう、わたしがそこで彼を説得したからです。彼の国の政府はそれらを平和的には利用しないし、適切な扱い方も心得ていないからと。けれども、国家安全保障局の辞職はすんなりとはいかず、厄介事があれこれ持ち上がった。それで、結婚する約1年前、彼はアダマンタを手放し、タブレットの見張りをわたくしに託した。しかるべき時まで別々にしておこうと。そしてご主人は見いだしたのです。新たにそれらを集め、ディーの天使との交信術を試す理由を」

「理由？　どんな？」

「石たちが振動によって活動するのはご存じですね。音、超音波、電磁スペクトルのいくつかの周波数帯に反応します。このところ太陽が狂乱状態にあります。太陽嵐が発生して黒点が多数出現し、ヘリウムの噴出量は過去１００年間で最高値を検出しています。太陽風のひと吹きで、石たちとタブレット、その触媒すなわちあなたは十分なエネルギーを得られる。１００京つまり10^{18}個の電気を帯びた粒子が地球に向かって放出されますからね。ただ困ったことに――沈痛な調子で告げる――この情報をほかにも知っている者たちがいて、悪用しようとマーティンを誘拐したのではないか。わたくしはそれを心配しています」

石畳の上を通り過ぎるように、ヘリコプターが2～3回荒っぽく揺れたが、ミスター・ドゥジョクとの話に夢中で、ほとんど気にも留めなかった。

「では……クルド人テロリスト集団に誘拐されたとは思っていないのですか？」

「その説は疑っています」不快そうに咳払いした。「あなたがあれこれと質問しないよう、マ

39

ーティンの元上司たちが信じ込ませたことではないかと」

「でも、動画の中で要求していたわ！」

「あれは偽装にすぎない。今回の作戦を企てたのは、クルディスタン労働者党（ＰＫＫ）などよりもずっと巨大な権力です。それと比べたらＰＫＫなど虫けらも同然」

「だったら、誰だと？」

「残念ながら……現時点では申し上げられません」

「どこへ向かっているかぐらい、教えてくれてもいいでしょう？」

「それならできます」男は微笑すると、わたしの首元にぶら下がるメダルに片手を伸ばした。

「あなた方ふたりにとって、すべてが始まった場所へ、です」

ドゥジョクは最後まで言ってしまわずに、こちらがあとに続くのを期待したようだが、わたしはそうはしなかった。

「覚えておいでですか？　映像の中でマーティンが最後に言った言葉を……〈**La senda para el reencuentro siempre se te da visionada**（つねに再会への道をきみは見とおすだろう）〉」

たどたどしいスペイン語の発音に微笑みながら、わたしはうなずいた。

「彼がわざわざスペイン語で言ったのは、あなたのためにメッセージを送ったからです。その意味がわかりますか？」

「いいえ……」

「あなた方はどこで出会われたのです？　知り合った場所は？」

「ノイアです。サンティアゴ街道の終着点で……わたしの故郷の」

「これはその村の紋章ですね？」船の上を鳥が飛ぶさまがデザインされた、メダルの表面を撫でながら言った。「われわれはそこへ向かっているのです、フェイバー夫人。ご主人との再会へ」

40

午前5時45分。

マドリードの米国大使館ビル6階にある603B会議室は、暗闇に沈んでいた。ソニー・フルHDプロジェクターが壁に映し出す映像の前に、タバコの紫煙が立ち昇っている。そこは当ビル内で唯一気兼ねなく喫煙できる場所だったが、その時、大使館つき諜報担当官リチャード・ホールにとって、そんなことはどうでもよかった。先ほど同じ所属機関の諜報員仲間と電話で話し終えたばかりだが、とても万事順調と言える状態ではなかった。

ホールは事情を大ざっぱにでも説明せざるをえなかった。

「フリア・アルバレス。35歳のスペイン人女性。数日前にトルコ-アルメニアの国境付近でPKKに誘拐された男性、マーティン・フェイバーとは結婚5年で、最近別居したばかりです」

望遠レンズで隠し撮りされた、赤毛で魅力的な女性のカラー写真を前に、専門家ぶった口調で説明する。

「ご覧の写真は昨日午後、イベリア半島の最北西に位置するガリシア州の州都、サンティアゴ・デ・コンポステーラ市で撮影されたものです」

カントリー歌手のような南部訛りの英語を話す、仏頂面《ぶっちょうづら》の担当官は不幸せそうだ。実際、彼は不幸だった。背が低く、頭が禿げ上がり、疑り深い目をした男は、ワシントンから突然やってきた2名の官僚との早朝会合を喜ばしく思ってはいなかった。諜報上のデリケートな作戦の最中でもあり、なおさら気分が滅入っていた。

「昨晩」と説明を続ける。「当方の諜報員ニコラス・アレン大佐が、ミセス・フェイバーと面談しました。夫が誘拐された事実を伝えるためです。機密漏洩を防ぐべく、規定に則り、マーティン・フェイバーの私生活上の全足取りについて把握しておく必要もありました。ご承知のとおり、いかなる疑問点も逐一確認せねばなりませんもので」

「その疑問点についておうかがいしましょう、ミスター・ホール。あなた方の元諜報員がアルメニアの国境地帯にいたことを疑問に思ってらっしゃると？」

そう質したのは米国大統領補佐官トム・ジェンキンスだ。彼のような立場にいる人間が現場に出てくることはめったにない。しかし、ほんの30分前にマドリードに到着した。速やかに大使館で会合を開き、フェイバーの件について情報提供するように、という命令書を携えて。

「しかしですね、フェイバーは２００1年以降、われわれとは手が切れておるのですよ」と担当官は言い訳をした。

40

「2001年以来、NSAの任務から外れている、ということですね？」大統領補佐官は確認した。

ジェンキンス――30歳前後、氷のごとく蒼いまなざしをした、モルモン教の説教師のような金髪男性――が別の案件を持ち出すと、ホールは出かかった悪態を必死にこらえた。

「ところで、ミスター・ホール。大統領執務室でフェイバー諜報員の記録カードをチェックしていて、非常に興味深い点に気がつきましてね。過去にアルメニアとトルコの国境にまたがるクルド人居住地における任務を受け入れた際、マーティン・フェイバーはラングレー《CIA》から多数の情報を入手しています」

「情報？」

「正確に言えば、画像です」

リチャード・ホールは肩をすくめた。

「お聞かせください」

「問題の核心を申し上げましょう。国家安全保障局を退職する直前、フェイバー氏は活動地域を上空から撮影した一連の古い写真を、外交用郵便袋でアルメニアの首都エレバンに送るよう依頼しています。1960年から1971年にかけて偵察機U‐2、SR‐71、偵察衛星KH‐4で極秘に撮影された、いずれもアララト山周辺に関わるものです。素晴らしい偶然だと思いませんか？」

「キーホールの4号機？」ホールは話をそらした。「そんなもの、ケネディ政権時代の遺物ではありませんか！　すでに何年も前に役目を終えていますよ」

「重要なのはそこではなく」と大統領補佐官は威嚇する。「KH-4が捉えた映像が取り扱い要注意の極秘情報だった点です。アララト山が当時トルコとソ連の自然の国境で、その漏洩は外交上の深刻な問題、おそらくは戦争にまで発展したであろうことをお忘れなく」

「それらの写真にフェイバーがかなり関心を持っていたと？」

「そうです、ミスター・ホール。標高５０００メートル付近で撮影された写真には、ＣＩＡが長年秘密裏に調査を進めていたものが映っています。〝アララト・アノマリー〟と呼ばれ、当初はソ連側のスパイ活動の拠点と疑われていました。山頂に最も近い氷河の際《きわ》に位置し、長方形で縁がはっきりとした構造物でしたが、正体の特定には至りませんでした」

ジェンキンスがプロジェクターのリモコンを自身のノートパソコンに向けると、三角形をした山頂のモノクロ映像が現れた。原子力潜水艦ほどの大きさの物体が、赤丸で囲まれている。紡錘形で縁が角張り、うっすらと雪の衣をまとっている。色は黒く、太陽の光に輝いているようだ。

「ソ連のトーチカではないのですか？」とホールははぐらかす。

「そうでないことはおわかりでしょう、ミスター？」

トム・ジェンキンスの言葉が響き渡る。

40

「あなたほどのベテランなら、ご存じのはず」と続ける。「パロット氷河に乗り上げているこの物体はノアの箱舟でしかないと、ラングレー《CIA》が結論づけたことも。違いますか？」

「あいにくわたしは無神論者でして、ミスター・ジェンキンス。そういった眉唾物《まゆつばもの》の話は……」

「ヘブライ人の物語ですよ、ミスター」

入口付近の消火栓箱にもたれた、ジェンキンスと同じぐらいの年恰好の若い女性が口を挟んだ。皮肉の色はない。

「確かにヘブライのものです、はい」と担当官は同意する。

小麦色に灼けた肌がまぶしい美女で、いかにも軍人生活が長そうな顔つきだ。

「さらに言うなら」と続ける。「シュメールの物語」

「シュメール？」

リチャード・ホールはどう彼女をかわしてよいやらわからなかった。

「洪水伝説の源はシュメール文明ですからね、ミスター・ホール。シュメール人が箱舟の登場する大洪水の年代記を最初に記した。古代史専攻の学生なら周知の事実です」

「失礼ですが、あなたはどなたで？」

「エレン・ワトソンです」一歩前に進んで自己紹介すると、手入れの行き届いたすらりとした手で握手を求めた。「同じく大統領執務室に勤務しております。ところでそろそろ本題に入りませんか？」

「喜んで」微笑むとホールはプロジェクターのスイッチを切り、室内の照明をつけた。

「それでは」と女性が口火を切る。「マーティン・フェイバーが関わっていたエリヤ計画《プロジェクト・エリヤ》について話してもらおうかしら」

大使館つき諜報担当官は胃がよじれる思いだった。〝いったい何を言い出すんだ……〟

「エリヤ作戦《オペレーション・エリヤ》……ですか？」

「そう呼んでいるなら、それでもいいわ」

リチャード・ホールは生つばを飲み込んだ。

「そういった件に関しては、あなたがどのような機密情報開示権限をお持ちか、確認することなく詳細をお伝えするわけにはまいりません。国家の安全保障に関わる問題ゆえ」

「アクセスレベルはホワイト・ハウスと同等ですわ、ミスター・ホール」と切り返される。

「申し訳ございませんが、それでは不十分です。ここでは受けつけられません」

「では、エリヤについては話していただけないのですか？」

女性の表情が曇る。

「国家安全保障局長官、マイケル・オーウェン直々《じきじき》の命令書なしでは無理です。彼のことはご存じでしょう？」

「残念ですわ」と女性は息をつく。「でも、ミセス・フェイバーがＮＳＡの諜報員との面談で

40

何を語ったかぐらいは教えてくださっても支障はないでしょう？　箱舟は話題に出ましたか？　聖書の遺産に対する彼女の夫の執着の秘密については？」

ホールはその問いに隠された皮肉に気づかなかった。説得力のある答えをしなければ、事態が悪化する可能性についても。

「ワトソン女史、お言葉ですが、ふたりの会話はご想像以上に平凡なものでしてね」

「平凡というと？」

「うちの諜報員は彼女と立ち入った話をする時間がなかったのです。ちょっとした……」少しでもましな言葉をあてようとホールは努めた。「〝不慮の事故〟に見舞われまして」

「どのような？」

ジェンキンスの瞳が輝く。

「情報が錯綜していて詳細はつかめておりませんが」としぶしぶ打ち明ける。「あなた方との会合の前に、サンティアゴに送ったニコラス・アレン大佐から連絡が入ったのですが、その報告がはかばかしいものではなかったわけです」

「それでは意味がわかりません」とエレンが言い返す。

「ご存じないかと思いますが、本日未明アレン大佐は銃撃事件に遭遇しまして。どうやらミセス・フェイバーの命を狙ったものだったらしいのです」

「フリア・アルバレスを殺そうとしたと？」

「ご心配なく。負傷者は出ませんでした。彼女は同諜報員に保護されたのですが……その、どう説明したらよいか……会話の最中にEMクラスの攻撃を受けたらしく、アレンが1時間、人事不省《じんじふせい》に陥っている間に失踪してしまったのです。彼女の所在は目下捜索中です」

「EMクラス？　電磁波攻撃を受けたと？」トム・ジェンキンスは驚きを禁じえなかった。「スペインの都市部で？　確かですか？　それはロシアがニューハンプシャーでスーパーマーケットを襲撃するために、小型核兵器を使ったと非難するようなものですよ」

「奇妙に思われるのはごもっともです。電磁兵器の使用は国防総省の実験場内に限られていますす。しかし多くの敵対国も初歩的な知識は持っています。実際インターネット上を眺めてみれば、どれだけ知識が一般化しているかがわかるでしょう」

「何がおっしゃりたいのか、わかりませんわ、ミスター・ホール」相手を見据えたまま、エレンが反論した。

「NSAはわが国の敵が秘密裏にシチューを作っていたと考えております」と、担当官はさらに意味不明なことを口走った。「甚大なシチューを」

「敵の正体を明らかにすると、別の秘密に抵触するとか？」エレン・ワトソンは皮肉った。

背の低い無愛想な男は、落ち着かぬ様子で禿げ頭を撫でた。

「いまから申し上げることは他言無用に願います」と厳しく言い渡す。「よろしいですね？」

「当然です」とエレンは微笑む。

40

「なるだけ簡潔に説明いたしましょう。当方ではＥＭ兵器を操作できる誰かが、トルコとアルメニアの国境付近にいたフェイバーに興味を持ったと見ています。そこでまずは車で走行中だった彼を誘拐し、今度は妻を誘拐した」

「〝アララト・アノマリー〟と何らかの関係があると？」単刀直入にジェンキンスが質す。

「それはわかりません」

担当官に対しエレン・ワトソンも圧力をかける。

「ＮＳＡの推測によると、その完全武装した敵は……ＰＫＫ!?　冗談もほどがあります！」

冷や汗をかいたリチャード・ホールは、会合前に机上に置いたＣＩＡの紋章入りファイルを示した。

「それが現時点でお渡しできる全情報です。この文書に目を通せば、フェイバー元諜報員の失踪を取り巻く状況がおわかりになるでしょう。フェイバーがわれわれの一員だと知られている可能性は低いとはいえ、すべてはＰＫＫのしわざであることを示しています」

「あなたはあくまでクルド人分離派組織が犯人だと信じ込ませたいようですが、カラシニコフの銃弾すら買う金のない彼らに、どうやってハイテク兵器が配備できるのです？」

ジェンキンスの指摘はホールをさらに動揺させた。

「われわれは彼らを過小評価すべきではありません」

「具体的には、どういうことで？」

「ひょっとするとＰＫＫの裏に上位者がいるのではないか、ということです。戦術的にも技術的にも上を行く」

「ひょっとすると？　単なる憶測ですか？　それとも何らかの証拠があるのですか？」

「情報をご覧ください」しどろもどろになるホール。「書いてありますから、そこに……ええと、その考えを裏づける詳細が。マーティン・フェイバーはトルコ・ギュルブラックとイラン・バザルガンの国境へと通じる街道沿いで、大渋滞の最中に誘拐されました。現場付近は交通の便の悪い山岳地帯で、１９９４年以来公式には封鎖されているアルメニアとの国境があり、小さな村落が点在する人口密度が極めて低い場所です」

「それで？」

「当方の情報筋によれば、彼が失踪した日、原因不明の停電で一帯の電力がダウンしたと」

「停電？」大統領補佐官の蒼眼がきらめいた。

「単なる停電ではなく」とホールは声の調子を変える。「半径４キロ圏内にいた全車両のエンジンがストップし、大渋滞が引き起こされたのです。同じことが携帯電話の基地局でも起こり、緊急用の補充バッテリーも機能しなかったと。さらに奇妙なのは、衛星電話の通信まで影響を受けたことです。電磁波の傘を50キロ四方に広げたかのように、警察、消防、病院の無線、トルコ・イグディル飛行場の管制塔まで、すべてのエネルギー供給の流れが何時間も妨げられて」

40

「まるで〝ラケーレ効果〟のようだった、とおっしゃりたいのね」ホールの耳元でエレンが囁く。「聞き覚えがあるでしょう？」

リチャード・ホールは啞然とした。〝いったい彼らはどこまで知っているのだ!?〟

「〝ラケーレ効果〟をご存じで？」と口ごもる。

それは第2次世界大戦時のエピソードに由来する言葉で、彼は同僚たちの誰よりもその情報に精通していた。何年も前、局の機関紙に同テーマで記事を執筆したこともある。

内容は次のようなものだ。

《1936年6月、イタリアの独裁者ムッソリーニの妻ラケーレが2～3日の滞在予定でローマ近郊のオスティアを訪れた。すると乗っていた公用車が道路の真ん中でエンストし、大渋滞となった。政府官邸を出発する際、夫が半ば冗談で「今日きみがドライブ中、驚くべきことが起こっても不思議ではない」と予告したのが現実になったのだ。運転手が懸命に努力してもびくともしない。しかも彼女の車だけでなく周りの車も同様で、説明のつかない共時性で全車両のエンジンが一斉に動き出すまで、立ち往生は約1時間に及んだ。

統帥《ドゥーチェ》の事後報告書には、その現象はその日その地区で、グリエルモ・マルコーニが行なったある実験が引き起こしたものと記されている。長波の研究をしていた〝無線の父〟は偶然〝死の光線〟と呼ばれるものを見いだした。それについてはまずはムッソリーニ、次いでトゥルーマン政権が軍事目的で独占したがった。単なるブロードバンドなのだが、あらゆる内燃機関に——民間・軍用、陸・空・海の別にかかわらず——干渉する。マルコーニの農場では小型・中型の家畜が大量死したが、同盟国側はそれもその〝光線〟によると結論づけた。動物の聴覚は人間よりもはるかに敏感なため、影響を受けて混乱し、脳溢血を起こして死亡したのだ。思わぬ副作用にマルコーニは動揺し、突然すべての実験をやめてしまったと言われている》

「ラケーレ効果……」ホールはうなずいた。「久しく耳にしていませんな、ワトソン女史。しかし、いまおっしゃったことと、サンティアゴ・デ・コンポステーラで起こったこと、バザルガンでの停電は、同じような原因である可能性があります」

「可能性ねえ……」エレンが復唱する。「これといった収穫がなく、残念ですわ、ミスター・ホール。自分たちで独自に調査するしかないなんて。しかし、これだけは確実に言えます。NSAの不透明性を前に、大統領がひるむことは断じてありません」

「たとえエリヤ作戦の前でもね」とジェンキンスがつけ加えた。

41

一条の曙光が、タンブレ川の河口まで続く広大な緑の絨毯《じゅうたん》に射し込み、起伏に満ちた周辺一帯を黄金色の輝きに染めている。

アルテミ・ドゥジョクのヘリコプター——彼の説明ではシコルスキーX4型実験機——からは、電力会社ウニオン・フェノーサのふたつの水力発電所と、松と樫の森が見えた。入り江にかかる橋、貝類の養殖棚、石造りの家が点在する丘、幼い頃通った教会の鐘楼も望まれた。サン・マルティーニョ（サン・マルティン）、サンタ・マリア、サン・ファン……街中にひっそりたたずむ苔生《こけむ》した石組みの教会群。田舎と都会がミックスした、わたしの大好きな風景に、雲が影を落としてまだら模様になっていた。

「ご気分が悪いのではありませんか？」

ヘッドフォンから聞こえてきたアルメニア人の声に、はっとわれに返る。

「いいえ、大丈夫です……故郷の村を上空から眺めるのは初めてなもので」

「ノイアのどこへ向かっているか、察しがつきますか？」

「さあ、どこかしら」と思案する。「あなたは謎解き名人だから。アレン大佐もマーティンのメッセージに暗号が秘められていると考えていたわ。出発前に夫がわたしのアダマンタを隠した場所を暗示していると」

「ニコラス・アレンが？」

嫌悪感をあらわにその名を発するドゥジョク。

「どうやら彼もマーティンのことをよく知っているみたいで」とわたしは挑発する。

「そうですか」

「あなたの方はメッセージを解読できた？　マーティンは動画の中で、本当は何を言いたかったの？」

わたしは視線で質したが、相手はつれなかった。

「いまにわかります」

パイロットが速度を落とす。着陸に適した場所を見つけたらしい。途端にドゥジョクの無気力な態度はかき消えた。

「今後の予定ですが」と告げる。「ノイアでヘリを降りてマーティンが隠した石を探します。手に入れたら即座に始動させましょう。わかりましたか？」

悪寒が全身を駆け抜ける。マーティンやシェイラがいない場所で、石を覚醒させるのは気が

41

引けた。ひとたび機能し出したら最後、その影響が予測できぬことを知っていたからだ。しかし、アルテミ・ドゥジョクは決意を固めていた。

「けっして気まぐれではありません、フェイバー夫人。石が片割れのありかを教えてくれるからです。マーティンがもう一方の石を持っているのは、動画でご覧になったでしょう？　これらの石は共鳴します。何千キロ離れていても高周波を発して交信し合えるのです」

「同じことをアレン大佐も言っていたわ」

「心配することは何もありません。彼のことも、石のことも」

下降にしたがって胃が再びむかついてきた。

「ところで」こちらの動揺を感じ取ったらしい。ドゥジョクは着陸までの間、わたしの気を紛らわせようと話題を変えた。「ノイア村の創設神話についてはよくご存じで？」

「大洪水後にノアがここで上陸したという？　冗談はよして！」わたしはぎこちなく笑った。

機体が震動し始める。「あなたのような理知的な人が。信じているなんて嘘でしょう？」

ヘリコプターのランディングスキッドが地表に接し、ドゥジョクの口ひげが上下に揺れる。

そんなに下降していたとは気づかなかった。パイロットは、高圧線からも森からも離れた、漁船の修理に使用されている海岸の外れに着陸させた。

「単なる子ども向けのおとぎ話だと言ったら、がっかりするかしら……」横目で外を見やりながらつぶやく。「伝説には違いないけど。ちょっとでも村に威厳を添えようと、中世に作り出された逸話のひとつよ」

「そんなことはありません！」電動ハッチを開けながら男は反論した。「あの伝承についてわたくしは30年以上研究しています。何と言ってもアルメニアはノアの国ですから。大洪水やノアにまつわる物語、聖書では触れていないわれわれの文明の起源に関することなら、どんなことでも興味があります。たとえ地の果てのできごとだろうと関心は変わりません。あなたのご主人もそうでした」

「確かに、伝説への関心は半端ではなかったわ」

驚くことに彼の手下たちは――パイロットも含めて――戦場にでも着いたかのように、まだローターの止まっていない機体から次々と外へ降りていく。

「わたしも」先に地面へ飛び降りたドゥジョクが、手を差し伸べるのを見ながら続ける。「それらの物語には興味があるんです。村人たちの芸術や想像力に影響を与えているから。でも、文字どおりに捉えるほど無邪気にはなれなかった」

ドゥジョクに補助されつつ、機体から降りる。

「伝説を軽んじてはなりません！」と叫ぶ。「それらはロシアのマトリョーシカ人形のように入れ子構造になっていて、ひとつ開けると、中にさらに古い物語を宿しているものです。伝説の研究とは宝探しをするようなもの。ひとつひとつ切り開くことで源泉へと近づいていく。真のＤＮＡにです。確かにどの伝説もある事実をカモフラージュして、別の形式で語られたもののかもしれないし、何千年も昔に忘れられたものかもしれません。だからこそ最も古いバージョンが、よりよい情報を与えてくれるものとも言えるのです」

「その論拠に基づいて、どこにわたしを連れて行くつもり？」

「マーティンとわたくしはそういった伝説について論じ合ううちに友人となりましたが、あなたはどうやって彼と知り合われましたか？」

「だからそれは……彼がサンティアゴ街道の巡礼で、ノイアにたどり着いて」

「そのとおり。ただし、単なる一巡礼者としてではありません。ノアの箱舟伝説という、最重要の物語の探求のためです」

「まだ冗談を続けるつもり？」と彼を遮る。「サンティアゴ街道の巡礼は、その名のごとく、サンティアゴつまり使徒ヤコブの墓に詣《もう》でるために行なうもので、ノアとは関係ないわ！」

ドゥジョクはわたしの無礼な態度にも動じなかった。

「関係ない？　それならなぜ、あなたの村の紋章には箱舟がデザインされているのです？　なぜここから眺められる最高峰はアロ山と名づけられたのですか？　どうしてあなたは、ノアのシンボルをあしらった銀のメダルを身につけていらっしゃる？」

何だか楽しんでいるようだった。そこでドゥジョクは武器を取りつつ、手下たちに指示を出し、何時間か前に大聖堂の中で見たのと同じフードつきの黒い上着を着るよう命じた。

「巡礼道はあなたの頭にある、使徒云々というばかげた話などよりずっと古いものです。少なくとも4000年前から通っています」

「ばかげた話ですって？」

「まだわかりませんか？　サンティアゴ街道沿いの一帯には、ノアにまつわる地名に溢れています。ノイアだけでなく、ナバラのノアイン、サンタンデールのノハ、ラ・コルーニャのノエンジェス、オウレンセのノアジョ川……スペイン北部だけでもそれほどある。さらに北上したフランスやイギリスでも、同じような地名や共通する伝説が残っています。今日ではほとんど忘れ去られていて、大学ですら重要視しない」

わたしは当惑してしまった。

「でも、あなたは重要視している」

「ええ」ドゥジョクはそう答えると、ついてくるよううながした。「そしてマーティンも。実際、彼はサンティアゴではなく〝ノアの道〟を通ってあなたと出会った。それらのノアにまつわる地名が、トルコのアララト山と関わったある場所へと導く〝秘密の道〟につながっていることを知ったのです」

「ここ、ノイアで？」

「そうです。ヤコブの道がヤコブの墓で終わるなら、ノアの道はノアの墓から始まる」

「ノアの……墓？」

42

エレン・ワトソンは通話に適した場所を探しあぐねていた。

マドリードの米国大使館ビルを出て、人目につかない街角を求めセラーノ通りを歩く。その時間帯には街はまだ動き出しておらず、高級ショッピング街にも人気《ひとけ》はなかった。空車のタクシーや配送業者の運搬車が2〜3台通り過ぎただけだ。しかし、彼女にとってはそれでは不十分だった。誰にも見られることなく衛星電話をかけねばならない。道路の反対側に殺風景なイエズス会の教会があった。運よく早朝ミサのために扉が開いている。これは好都合だ。

案の定、教会にはまだ誰も来ていなかった。靴音を響かせながら、空っぽの構内を窓際へと進む。周囲を見回し、ワシントンD.C.のコード番号16桁を打ち込む。

2回の呼び出し音で先方とつながった。

「エレンです。コードネームはＢｅｌｚｏｎｉ」と小声で告げる。

「こちらはＪａｄｏｏ」

その声を聞いてほっとするエレン。

「連絡を待っていたよ。ニュースはあるかい？」

電話に出た男性は温かく応じたが、懸念の色がありありとうかがえた。

「まずまずです、ミスター」と答える。「あなたの予想は当たっていました。ここでは何やら尋常でないことが起こっています。昨晩、ＮＳＡの者がトルコで拉致された元諜報員の妻に会いに行っています。話によると、その面談中に電磁兵器による攻撃を受けたと」

「ありうることかい？」

「説明された限りでは」

回線が一旦切れ、その後再びつながった。盗聴探知器スパイダーが作動したからだが、盗聴は認められなかった。

「捜索活動はプロジェクト・エリヤに関わっていると？」

「そう見て間違いありません、ミスター。わたくしたちがあまりに早く到着し、説明を求めたので、先方は慌てておりました」

「当然、きみには何も話さなかった……」

「例のごとく。信頼に足るアクセスレベルに達していないと言って」

「毎度のことだ」その声にはあきらめが感じられた。

マーティン・フェイバーの誘拐を知った時から、抱いていた私見をいま述べるべきか。エレ

42

ンは迷ったが、あえて危険を冒すことにした。うまく行けば打開策になるだろうが、失敗すれば任務を外される可能性が大だ。

「ひとつだけ方法が残っております」ついに口にした。

「どんな？」

「あなたが彼に個人的に頼むのです」

「何を？」

「エリヤの情報開示をです。考えてもみてください。何人《なんぴと》もあなたを拒否することはできないのですから」女性補佐官は呼吸を整え、続けた。「こんなことを申し上げるのは大変心苦しいのですが、すべてを賭ける時かもしれません。久方ぶりに問題が浮上したため、石を求めてプロジェクト・エリヤが再始動したのです。フェイバー氏が拉致されなければ、わたくしたちがこの計画を知ることもなかったでしょう。介入するためにも、この件を利用して、彼らの動きを把握しているということを知らしめるべきではないかと」

エレンは一気にそう告げてしまうと、両手の人差し指を十字にクロスした。電話の相手は、彼女の言葉を反芻している様子だ。

「考慮しよう」と最終的につぶやいた。「約束する。トムは何と言っている？」

「ＮＳＡからマドリードに派遣されている担当者が、石のことを一切口にしなかったのを不思議がっていました。間違いなくマーティン・フェイバーの妻に頼んだはずだからです。少なくともその一方を差し出すようにと」

再び沈黙したあと、相手の男性は話し出した。

「これから言うことをよく聞いてくれ、エレン」優しい口調ではあったが、命じることに慣れた人物の声だった。「きみとトムがNSAよりも早く石を手にすれば、こちらが優位に立って、彼らに事の次第を白状するよう圧力をかけることができる。請け負ってくれるかい？」

「もちろんです、ミスター。すでにそのつもりで手はずを整えております」

「きみたちが行動している間、わたしの方も先ほど頼まれたことを実行するとしよう。きみの勧めに従うよ」

エレン・ワトソンの顔が輝く。

「ミスター」

「エレン……」彼女の名を発した声はいつになく厳粛だった。「きみたちならやり遂げると、わたしは信じている」

彼女は瞬時に相手の確信を感じ取った。電話の主は、彼女の胸に愛国心の火を灯し、使命を遂行させる術《すべ》を心得ている。〝きみたちならやり遂げると、わたしは信じている〟。その言葉にはまた特別な意味も含まれている。任務遂行にあらゆる手段を行使できるということだ。アメリカ合衆国大統領から全幅の信頼を寄せられる。日々そのようなエネルギーに浴する特権は、地球上のほんのひと握りの者しか享受できない。彼女、エレン・レオノール・ワトソンはその

42

ひとりだ。鳥肌の立つ思いと同時に、心から自分は幸せ者だと感じた。

「ありがとうございます、大統領閣下《ミスター・プレジデント》。何としてでも石を手に入れ、ワシントンへとお運びいたします」

43

午前6時30分。

クロムメッキの自動小銃を忍ばせた黒ジャケットに腕を通しながら、アルテミ・ドゥジョクはようやく行き先をほのめかした。ノアの墓だというが、とても信じられなかった。アルメニア人は目的地を明かしてはいない。それに、動画の中でマーティンがスペイン語で告げたアダマンタの隠し場所を——おそらく彼には話せない言語なのに——どうやって理解したのかも。

しかし彼と手下たちがサン・マルティーニョ教会、ノイア劇場を通り過ぎ、さらに先へと進んでいくと、だんだんわたしにもどこへ向かっているのかが見えてきた。ドゥジョクはわたしをあそこへ導こうとしているのだ。もっとも、本当にマーティンがそこに石を隠したとすればの話だ！

カモメの喧騒が聞こえてくる。耳慣れた鳴き声は海辺の村の風景と同様に、わたしの記憶の一部となっていた。ミスター・ドゥジョクは鳥たちに負けじと大声を張り上げる。

43

「マーティンはあなた方が大変特別な教会で知り合ったと言っていました」

男のコメントにはもはや驚きはしなかった。私生活の詳細まで知られていることを認め、うなずくにとどめた。

「サンタ・マリア・ラ・ヌエバ。通称『ア・ノバ』と呼ばれている教会ですね？」

「そのとおり」とつぶやく。

何ということだ。やっぱりあの教会へ連れて行こうというのか。

「マーティンからずいぶんと聞かされています」と続ける。「巡礼道で最も印象深かった。サンティアゴ大聖堂よりも上だったと」

「まさかあそこにノアの墓があるとは言わないでしょうね？」

ドゥジョクは立ち止まった。

「ごまかさないで、フェイバー夫人。マーティンとあなたがそこで出会われたことは知っています。当時あなたは教会の修復作業をしておいでで、彼を案内して回った。ノアの墓があるかないかは誰よりもおわかりのはずです。ご自身とマーティンの幸せのためにも、悪ふざけはやめにしてください。時間がないのですから」

「でもノアの墓があるなんて知らないわ！」と反論する。

「その目で確かめたらいい。歩きなさい！」

ストレスで胃が痛み、口の中が酸っぱくなる。ノイアに戻ってきたことで得られたささやかな喜びなど一気に消し飛んだ。ドゥジョクと3人の手下たちのあとを2～3歩離れてついていく。クーロ通りの外れでサンタ・マリア・ア・ノバの方へと曲がる前に、さらなる説明を求めることにした。

「すみません、ミスター・ドゥジョク」わたしは道の真ん中で立ち止まった。「教会に入る前に、ひとつはっきりさせてほしいことがあります」

アルメニア人は驚いて振り向くと、わたしに近づいてきた。

「よいでしょう。何をお知りになりたいと？」

「どうやってマーティンの動画からこの場所を特定できたのですか？　あなたはスペイン語をお話しにならないはず……」

やってしまった。

どうやら笑いのつぼにはまったらしい。ドゥジョクは噴き出すと腹を抱えて笑っている。それまでは焦りで厳しくなっていた態度が和らぎ、口ひげで隠れた褐色の頰を赤く染め、目尻にしわまで寄せている。

「それがあなたの質問ですか？」

「ええ」

手下のひとりに自国語で何やら命じる。大聖堂で会ったワースフィという男、頰にタトゥーを入れた若者が背中のリュックから何かを取り出す。黒地に銀色で縁取りされた画面、ボード

43

のように薄く、背面にリンゴのロゴがついた電子機器。アレン大佐が持っていたのと同じ、おそらくは彼のものだろう。

「あなたはすでにこの映像をご存じでしょうが」と笑いながら言うと、モニターに現れた動画クリップを再生する。

「しかし、いま一度ご覧になってください。ご説明しましょう」

オレンジ色の服を着せられ、誘拐犯たちに囲まれたマーティンの姿が黒い画面上に現れ、フルスクリーンに切り替えられる。わたしはつばを飲み込んだ。弱々しい声だがはっきりと響いた。

〈フリア。ぼくらはもう会えないかもしれない……もしも無事に戻らなかったら、こんなふうにぼくを思い出してくれ。きみという伴侶に恵まれ、幸せなやつだったと……。時間を無駄にすれば、すべては失われてしまうだろう。ぼくらがともに見つけたものも、ぼくらの前に開けていた世界も、何もかも。ぼくのために闘ってくれ。きみの能力を使って。どうか覚えておいてほしい。ぼくらのものを奪おうとするやつらに、追われたとしても、つねに再会への道をきみは見とおすだろう〉」

わたしは呆然と液晶パネルを見つめていただけだった。

「ええ？」信じられないと言わんばかりにドゥジョクが問う。「何も気づかなかったのですか？」

どう答えればいいのかわからない。

「気づくって……何に？」

アルメニア人はマーティンの言葉にもっと集中するよう言うと、ヘッドフォンを手渡し、できるかどうかもわからないことを要求してきた。

「映像を忘れ、なるだけ距離を置いて客観的に聞き、マーティンの言葉のおかしな部分を教えてください。場違いな言葉、声の変化、どんなことでも構いません！」

訝《いぶか》しく思いながらヘッドフォンをつけて目を閉じ、再度メッセージを聞いた。

「どうです？　今度は気づいたでしょう？」とドゥジョクは答えを急かした。子どもにだってわかると言わんばかりに、笑顔を向けている。

「当たっているかはわかりませんが」ためらいながら伝える。「音声に問題があるのか、二度ほどマーティンの声の音量が上がったところがありました」

「そのとおり」

「そのとおりって、どういう意味ですか？」

ドゥジョクはｉＰａｄをワースフィのリュックにしまうと、上から目線でわたしを見た。

「ご主人が声を上げた箇所を言ってくれませんか？」

「スペイン語で？」

「ええ、もちろん。映像のままに」

43

「一箇所は……」即座に思い出す。「『Si el tiempo dilapidas（時間を無駄にすれば）』で、もう一箇所は最後の『se te da visionada（きみは見とおすだろう）』」

「素晴らしい。つまりそこに隠されているのです。まだ気がつきませんか？」

当惑しながらドゥジョクを見た。男は気が変になったに違いない。それらのどこにも、遠回しにでもサンタ・マリア・ア・ノバをほのめかす言葉は含まれていない。

「よろしいですか、フェイバー夫人」わたしの勘の鈍さを哀れんだのか、とうとうアルメニア人は解説を始めた。「あなたのご主人は彼が尊敬するジョン・ディーと同様、平凡な言葉に暗号メッセージを挟み込む達人です。NSAで訓練されて。その道ではトップレベルだったそうです。誘拐犯から家族への伝言を要求されたマーティンは、あなたの注意を引こうと、知らない者にはまったくわからぬ非常に単純な暗号技術を使ったのでしょう。中世には〝音声学的カバラ〟と呼ばれたものですが、どこかで耳にしたことがありますか？」

わたしはかぶりを振った。

「そうではないかと思いました」と笑う。「いま申し上げたとおり、知らない者にはまったくわからないが、知っている者には簡単なことなのです。これは特にフランスで盛んだった学問でしてね。というのも、フランス語はスペイン語のように音声と綴りが明確に一致しておらず、ものによっては二重の解釈が可能になるからです。たとえば『par la Savoie（サボイのために）』と音声で耳にした時、聞き手は『palra sa voix（彼の声が話す）』と取り違える可能性があるのです。ディーはこの種のトリックを用い、ヨーロッパで開かれた会合で、しばしばエリザベス1世から英国大使たちに向けたメッセージを密かに折り込んだ演説をした。その術にマーティンは魅了され、米国の安全保障局で働いている間に能力を伸ばしました。英語とスペイン語の響きをいじってね」

「考えてもみなかった」とわたしは嘆息する。

「今日ホモフォニーと称されるこの手の謎かけは、面白いことに、むしろ使われている言語を知らない方が解きやすいのです。スペイン人が『el tiempo dilapidas』――ドゥジョクは強いアクセントで発音する――と聞いたら、文字どおりの意味で理解するでしょう。しかし、スペイン語話者でないこの手の遊びに慣れた者は、別の意味を捉えます。真の意味でね」

「それなら、『el tiempo dilapidas』はどういう意味に？」

「まさにこれから向かう、サンタ・マリア・ア・ノバですよ」

「わからないわ」

「聞くところによると、サンタ・マリア・ア・ノバは〝墓石の教会〟という名前でも知られているとか」彼はそこでスペイン語に切り替えた「『el tiempo di—lápidas』はすなわち『el templo de las lápidas』、墓石の教会なのです」

〝それが音声学的カバラなの？〟どうにも納得がいかなかった。

そういった言葉遊びなら子どもの頃、休み時間に友達と散々楽しんだものだ。たとえば、

43

「yo lo coloco y ella lo quita（ぼくはそれを置き、彼女はそれを片づけた）」が、句読点の位置を変えると、「yo loco, loco, y ella loquita（ぼくはばか、ばか、彼女は狂女）」になる。また、スペインの偉大な詩人で作家のケベードが、脚の悪いマリアナ・デ・アウストリア妃を揶揄した有名なフレーズ「entre el clavel blanco y la rosa roja, su majestad es-coja（白いカーネーションと赤いバラから、王妃は選ばれる／王妃は足なえだ）」もある。

でもわたしは反論しなかった。実際、サンタ・マリア・ア・ノバは14世紀に建てられた教会で、世界でも類のない特異性を有していた。それはヨーロッパ中の古い墓石の一大コレクションだった。そのため〝墓石の教会〟というあだ名がついたのだ。

探している墓がそれらの墓碑のひとつなら、アルメニア人が見つけてくれるに違いない。

「だったら、『se te da visionada』の方は？」と訊いてみる。

男はにやりとする。

「それはあとのお楽しみにしておきましょう。まさに目的の墓へと導く言葉ですからね」

44

大統領執務室、通称〝オーバルオフィス〟の主となって以来、ロジャー・キャッスルは絶大な権限を有する国家安全保障局にいる人物が、自分の知らない所で暗躍しているのを確信していた。それは単に彼が情報機関に好意的でなかったことが理由ではない。確かに先の選挙戦では、国家予算の10パーセント削減を公約に盛り込み、情報機関と親密なライバルたちに競り勝った。しかし就任から2年が経過したいま、彼らを過小評価していたことをキャッスルは痛感していた。たとえ選挙で圧勝しても、隠された扉を開くにはまだ十分ではない。少なくとも〝大いなる秘密〟への扉については。

大いなる秘密。

時代遅れのハリウッド映画から引用された言葉のようだ。米国南西部の砂漠地帯で冷凍保存された宇宙人が出てくるB級映画にありがちな。しかしそういった世俗的な外見の裏にこそ、非常に深刻なものごとが隠されている。いずれ上流社会の間でも取り沙汰され、厄介な状況に

44

自分を追いやることだろう。これまではそれについて訊かれるたびに、「聞いたことがありません」と嘘をついてきた。ロジャー・キャッスルはそのことが心苦しくてならなかった。アメリカ合衆国の最高権力の座に就いていながら、実態を知らないとは不愉快極まりない。情報機関の内輪の冗談――「大いなる秘密は、秘密がないこと」――だと、気を紛らわせていた時期もある。しかし、心の底ではどうしても忘れることができなかった。

看過するにはあまりに根深い歴史があると、誰よりもキャッスルが認識していた。

大いなる秘密。その言葉を初めて耳にしたのはニューメキシコ州知事時代、州都サンタフェで行なわれた公開フォーラムでホピ・インディアンと接見した時だった。同州北部の居留地に住むネイティブ・アメリカンたちは当時、異常気象を危惧していた。雨が降らずリオ・グランデ川の水量が15パーセントも減った。「どれもこれも大災害の予兆だ」というのが彼らの主張だった。「いつ、どのように起こるのかを知り、そのために備えること。それが〝大いなる秘密〟だ」とスポークスマンが大声で叫ぶ。90歳近い、オソ・ブランコ（白熊）という氏族《クラン》の老酋長だ。「白人たちはかなり前から〝大いなる恐ろしい日〟に関する情報を隠してきた」

それに対し、キャッスル知事は笑顔で応じ、座を白けさせたのだった。

「〝大いなる恐ろしい日〟？　わたしは広島・長崎に原爆を投下した日だと思っていましたが」

ロジャー・キャッスルが再度その言葉と向き合ったのはその1ヵ月後。父親のウィリアム・キャッスル2世が亡くなった日のことだった。彼は父親から何もかも受け継いでいた。財産も知性も、映画『アラモ』のジョン・ウェイン張りのマスクも。とりわけ懐疑的な面は父親譲りで、数値で測れぬものと関わるのは時間の無駄だとみなしていた。

戦時中ウィリアム・キャッスル2世は、プリンストン高等研究所の数学者と理論物理学者のグループに属し、マンハッタン計画の試算を吟味した。戦争末期に原子爆弾が完成したあとも、メンバーの大半は秘密裏に会合を続け、軍部の非公式な科学技術顧問〝JASON（ジェイソン）〟と化した。カンボジアやベトナムでの戦争の解決策を考案し、平和主義者から非難されたが、キャッスルの父親も含め何人かは学問分野での名声を失わずに済んだ。

子どもの頃、夏の休暇で3〜4回、ロジャーはそれらの知識人たちと一緒に過ごしたことがある。食後の会話では、ミサイル防衛システム、電子戦、インターネット――もちろん当時はそうは呼ばれていなかったが――や偵察衛星による未来のスパイ活動といったものが、初めて議論されるのを耳にしたものだ。その父、ウィリアム・キャッスル2世が臨終の間際に、1分だけ息子とふたりきりにさせてほしいと願い、人払いをしたあと〝大いなる秘密〟に言及した。ロジャーは生涯忘れえぬ衝撃を受けた。

「先日、ホピ・インディアンの代表団が、その〝大いなる秘密〟を隠している学者グループについて話していたけれど」動揺したままロジャーは父に言った。

44

「われわれのことだよ、ロジャー」

「でも、パパは信じているの？」目に涙をためながら問うた。

「信じていないさ。わたしはこれでも科学者だからね。しかし」

「しかし？」

「知っているんだ、ロジャー。わたしはその秘密を」

膵臓癌に蝕まれ、死の淵にあるキャッスル家の当主はさらに息子に打ち明けた。軍の情報機関が〝プロジェクト・エリヤ〟の名の下、そう遠くない未来にやってくるであろう〝大いなる恐ろしい日〟を特定しようとしている。自分はJASONの会合に参加しなくなって久しいが、すでに〝D-デイ〟が存在している可能性は高い。国家安全保障局はNASAからNOAAに至るまで、全政府機関の資料を結集し、地震、放射能、宇宙線、大気中の電気レベルの情報を何年も精査した末、カレンダーに日付を記しているはずだという。

「だが、堕落した彼らは兵器産業にしか情報を与えない。民主主義も平和もお構いなしだ。地球の未来に関する正確な情報を持つ者が、世界を制覇する。それを知っているからこそ、秘匿し、大統領にさえ報告しない。カオスの時代には、民主主義も、それを代表する者である大統領も何の役にも立たんよ」

「どの大統領にも？　歴代大統領の誰にも明かさなかったのかい？」

父親は痛みに顔をしかめた。

「その計画は極秘で、ごく少数しか存在を知らない。大統領は所詮政治家だ。時が来れば交替する。だが、彼らは居残ったままだ。それにその存在については、これまで大統領の誰ひとりとして彼らに尋ねてこなかったし、彼らの側も大統領たちに知らせてはこなかった。いいか？　いつかその座に就いたなら、おまえが一歩を踏み出し、訊かねばならん」

エレンはまさに父と同じことを言っていた。的を射た助言だ。それが自分の取るべき道。いまそれを確信している。

「すべてを賭ける時かもしれない」と、忠実な女性補佐官は彼に進言した。

初代のジョージ・ワシントンから数えて45代めになるアメリカ合衆国大統領ロジャー・キャッスルは、〝プロジェクト・エリヤ〟の名を何度も耳にしていた。情報源は確かだ。自分が国家の頂点に立つ現在、問題の核心を突く用意はできていた。

〝やるならいましかない〟と思った。

45

金属的な乾いた音が響く。

夜が明けきらぬ薄闇の中、ドゥジョクの手下のひとり——ジャノスという寡黙な男——は、ためらうことなくやってのけた。サンタ・マリア・ア・ノバの鉄柵につけられた南京錠に、小さなはんだごて状のものを差し込んで引き金を引き、炸裂音がしたあと南京錠は外れた。驚いて飛び上がったのはわたしだけだった。

ばねではじかれたように、わたしたち5人は敷地に侵入し、教会へと続く小道を進んだ。ブーツの下で砂利が騒々しい音を立てている。男たちはかなりぴりぴりしている様子だ。先ほどまでのドゥジョクの上機嫌は消え、警戒感を募らせている。本能的もしくは動物的な勘だろうか。わたしは彼の行動からそんなふうに感じ取った。ジャノスがアルメニア語で不満を表したが、意味がわからなかった。背負ったナイロン製のリュックのことで仲間ともめているようだ。

しかし、ドゥジョクの一喝で言い争いは収まった。男たちが何かを恐れているのは確かだ。すでに武器をカバーから外し、身構えながら歩いている。全員がイスラエル製のスコープつき短機関銃ウージーを携え、1名だけシグ・ザウエルの拳銃を予備でベルトに装着している。まるで何者かの急襲を予期するかのように。

でも、いったい誰がそんなことをするというのだろう？

サンタ・マリア・ア・ノバのことは熟知している。村の中心部にある閑静なたたずまいの教会で、何かが起こることなどけっしてありえない場所だ。アパートに囲まれた敷地は、いまなお墓地として使用されている。左側には苔に覆われた古い墓、右側には花々で飾られた真新しい墓石が輝く。隅には大きな御影石の板が積まれ、まるで忘れ去られし時代の遺跡のようだ。大聖堂の司祭や職人、巡礼者、何百年もの間に腐蝕して判別不能になった埋葬者不明の墓も多い。それで〝墓石の教会（el templo de las lápidas。ガリシア語では lápidas が laudas となる）〟という不気味なあだ名をつけられた。

不思議にもこの教会で恐怖を感じたことはない。どれだけたくさん墓があっても、おどろおどろしいものはひとつもなかった。ひたすら静寂だけが息づく空間だ。

「何をそんなに警戒しているの、ミスター・ドゥジョク？」

尋ねてみると、アルメニア人は凶事を予感するかのように、こわばった表情で答えた。

「サンティアゴで起こったことをもうお忘れですか、フェイバー夫人？」

教会の入口にある小さなポーチで立ち止まる。木扉の上には東方の三博士のレリーフ。わた

45

しが手ずから磨いたものだ。そのロマネスク様式の彫刻の横には、粗末な恰好でひざまずき、恍惚とした表情のベレンゲール・デ・ランドイラ大司教の肖像画がかかっている。ジャノスはそれらを見上げもしなかった。次なる標的、木扉の古い錠が控えていたからだ。小型イオンガス銃――と、あとで知ったのだが――でそれを開けるのは、南京錠より厄介だった。

「早速、始めましょう！」最後の障害を突破すると、ドゥジョクは叫んだ。「1分たりとも無駄にはできません」

教会にはドゥジョクとわたしだけが入り、ジャノス、パイロットのハツィ、ワースフィは、邪魔が入らないよう外で見張っていた。

構内に足を踏み入れた途端、ドゥジョクの声が反響した。

「最も古い墓はどれです？」

「何百基もあるのよ」と足元の床に埋め込まれた墓石をちらりと見ながら、わたしは不平を言う。「どれが一番古いかなんて、誰も知らないわ！」

ドゥジョクは入口付近にあるスイッチボックスに近づき、電源を入れた。魔法の術でも使ったかのように場の雰囲気が明るく温かになった。ハロゲンランプの間接照明が、2～3メートル先に展示された貴重な墓石のコレクションを照らし出す。鉄の支柱に取りつけられ、垂直に立てて展示されている石板には、長い杖とビエイラガイで盛装した巡礼者、解読不能の記号、目玉や鉤爪のようなもの、ハサミや縫物道具、矢、帽子など、さまざまな形状の模様が彫られている。しかし、説明書きは一切ついていない。

「マーティンはここで5年前にあなたと出会い、ひと月前に婚姻の護符を隠しに戻ってきました」周囲を見回しながら男が問う。「あなたはここの専門家です。彼ならどこへ隠すと思いますか？」

教会を慎重に調べて回る。しばらく見ないうちにずいぶんと様変わりしたものだ。古い身廊はモダンな展示室と化し、信者席、告解室、祭壇は跡形もない。とはいえ本質的にはそのままだ。たとえば床には展示されているのと同様の、およそ500の名もなき墓石が埋まっている。いずれも粗い浅浮き彫りで、金槌や錨、靴底など、故人の職業にゆかりの品々が装飾されている。

「さあ、どこから始めましょうか、フェイバー夫人？」とアルメニア人は急かした。

「1000年以上前の墓など見つからないわよ、ミスター・ドゥジョク。古くてもせいぜい700年というところでしょうから」とわたしは査定する。

「記憶をたどっていただけませんか？　出会った当初に、マーティンが何に一番惹かれていたか」

確かにそれも一案だ。

「でもそんなの、役に立つのかしら」

「とにかく何でも思い出してみてください。ここから手ぶらで帰るわけにはいきません。彼を

45

探し出すにはアダマンタが必要です」

「わかりました」と嘆息する。「出会った日、マーティンは何でも知っている賢者のように見えました。いまでも目に浮かびます。あそこから入ってきて」教会南側の入口を指し示す。

「サンティアゴからここまで歩いてきたんです。コンポステーラの大聖堂をあとにし、この地に足を踏み入れなければ、本物の巡礼者ではないと言って」

「なぜそんなことを言ったのでしょうね？」

「ノイアまでやってきた巡礼者は彼だけではありません。巡礼道を旅する人々の多くは、サンティアゴ・デ・コンポステーラ詣《もう》でのあとに、もう1段階残っていると信じています。1日余分に歩くのは本物の秘儀参入者だけだと。巡礼の風習は、キリスト教成立以前から続く非常に古いものです。海岸まで達し、大西洋に沈む太陽を拝まねばならない。ここが世界の果てであることを認識するためです。ガリシア語で〝テラ・ドス・モルトス（terra dos mortos：死者たちの地）〟。ローマ人たちが〝フィニス・テラエ（finis terrae：地の果て）〟と呼んだこの土地は、確固たる大地が終わり、闇に包まれた海が始まる所。つまり地上のどこよりも、庇護を求めて神々に叫ぶのに絶好の場所なんです」

「だからアダマンタを隠すにふさわしいと……」

「ええ、確かに」と一応は認める。「でも当時、わたしはそういったことを何も知りませんでした。マーティンには彼なりの考えもあったようで、メモ帳に教会の壁についた石工の記号を熱心に写し取っていました」

「記号？　どんな記号です？」

「あのような」天井を支えるアーチのひとつを示す。「見えますか？」

それはのみで彫られた単純な記号で、定規を表したものだった。

「同様の記号は、教会の至る所に何百とあります」

「ほかに興味を持ったことは？」

「たくさんありすぎて……それで、彼は専門家と話がしたいと願い出て、わたしが呼ばれたわけです」と微笑する。「この教会がエルサレムの土の上に建てられていると説明すると、しみじみ感心していました。教会の基礎と墓地のために、十字軍の兵士たちが何トンもの土をエルサレムから運んできたのです」

ドゥジョクは目を皿のように丸くした。

「そうだったのですか!?」

「解説しましょう、ミスター・ドゥジョク。ノイアの住民たちは世界終末がやってきた時、イエス・キリストが最初に足を降ろすのはエルサレムの聖なる土壌だと信じていました。だからそこに埋葬されれば復活が保証されると。ここが世界の果ての一番手前にあるキリスト教教会なのは確かなことで、さらに聖なる教会にすべく、エルサレムの土で基礎を固めることにしたんです」

45

「うーむ、それには別の意味があるな」とつぶやくドゥジョク。

「別の意味？」と訊き返す。「どういうことです、ミスター・ドゥジョク？」

「エルサレムの土壌は鉱物学的に見ても特有の成分からできているのですよ、フェイバー夫人」とアルメニア人は真顔で答える。「とりわけ岩のドームが立つ、神殿の丘と呼ばれる土地。そこの鉄の含有率は、周囲の平均値をはるかに超えている。そのため特別な電気伝導体になっているのです。古代人たちはその聖なる土地に足を踏み入れる際、履物を脱いだといいます。適度な地電流が恐れるものではなく、健康にも効能があることを、何らかの方法で知っていたのでしょう。しかし、過剰であれば感電死する可能性がある」

「本気で言っているの？」

「思い出してください。契約の箱に許可なく触れようとした者たちの末路を……」

〝そういえば――と思った。――シェイラも同じことを言っていたわ〟

「そんなの、ボルタが電気を発見する何世紀も前の話じゃないですか！」

「知っていたのですよ。何しろ古代エジプト人たちは、金属片を電気めっきしていたほどですから。米軍が侵攻するまでバグダードのイラク国立博物館には、少量の電力を起こすのに用いる、約2000年前の壺形電池が保管されていました。アダマンタも効力を発揮するために電気を蓄積します。宗教的なメタファーを科学的に解釈できなければならない。そうは思われませんか？」

「そういった兆候を〝読む〟こと、それがマーティンのしたことだというのね？」

「ご名答！」と笑顔で応じる。「過去にさかのぼればさかのぼるほど、驚きは増すものです。たとえばシュメール人は道路にアスファルトを敷いていましたが、その習慣は20世紀まで失われていた。マーティンはそういったものごとに魅了されていたのですから、この教会の土に関する情報に注目したのも必然でしょう。ご主人は知っていたのです。神々との交信によって、人類が目覚ましい発展を享受していた時期があったことを。またその交信が、決まって下層土に強い電荷を含む場所で起こっていたことも。いつしかその交信は失われ、往時を偲ぶわずかな遺物しか残されず、使い方すら忘れてしまった。それらはアダマンタと同様、ここのような隔絶された空間で始動させねばなりません」

　ドゥジョクは2～3歩、教会の奥に進むと話を続けた。

「マーティンはほかに、どんなものに関心を？」

「そうですね……しばらく教会の中をうろうろしていました。見るからに善良そうな人だったので、昼食時間でわたしが席を外す間、教会内を好きなように見て回っていていいと、許可したんです……そうだわ」突然思い出す。「昼食を終えて戻ってくると、夢中になってこの教会で一番有名な墓を写生しているところでした」

「一番有名な墓？」

「あそこにある、あれです」と指差す。３メートルほどの距離に石棺があり、横たわった男性

45

の全身像の彫刻が蓋そのものになっている。「彼にはあえて説明はしませんでした。実物を見れば一目瞭然だからです。といってもノアとは何の関係もありませんが」

近づいたドゥジョクは感嘆の声を洩らした。アーチ形の壁龕《ニッチ》に守られたみごとな装飾石棺で、側面にまで天使や家紋が緻密に彫られ、糸杉並木と牛のつがいが描かれた、かなり大きめの円形浮き彫り《メダイヨン》までついている。

「いつの時代のものですか？　周囲のものよりも新しく見えますが……」

「そのとおりです、ミスター・ドゥジョク。蓋に彫られた人物の服装は16世紀のもの。山高のビレッタ帽にドレープのある長いガウン、ルネサンス期の商人の典型的な恰好です」

「誰だか判明しているのですか？」

「もちろん。名前も経歴も知られています。横たわっている枕の上部分に氏名が彫られているので確かめてみてください。ガリシア語名『Ioan d'Estivadas（ヨアン・デスティバダス）』。スペイン語読みでは『Juan de Estivadas（フアン・デ・エスティバダス）』となりますが。上から読んでも下から読んでも、同じなんです。暗号みたいに」

「Sad－av－itse－d－na－oi。Io－an－d－Esti－va－das……」指でなぞりながら、繰り返すドゥジョク。

しばし文字を撫でたまま黙りこくった。何かを計算しているようだ。息を吹きかけて埃を払うと、右から読んで左から読み、また右から読んでいる。最終的に考えがまとまったらしく、満足げな笑みを浮かべた。

「フェイバー夫人」咳払いすると、もったいぶって告げた。「わたくしにはわかりましたよ。ご主人がふたつめの言葉で何が言いたかったのか」

46

大統領は午前零時少し前に決断を下した。

その時間帯には報道陣に煩《わずら》わされることなく、首都の北数キロの距離にあるフォート・ミードのNSA本部前に、大統領専用車で乗りつけることができた。

「こんばんは、ミスター・プレジデント」

生真面目な顔の職員がリムジンのドアを開けてくれた。まずは4人の護衛が中に入り、異常のないことを確認したあと、国務長官と首席補佐官を従えたPOTUS——President Of The United States の略称——が足を踏み入れる。手にしたファイルには、マドリードにいる補佐官たちからの最新情報が収められ、嵐の到来を予感させた。

「NSAへようこそ、ミスター・プレジデント」

「お会いできて感激です、ミスター・プレジデント」

「オーウェン長官がお待ちかねです、ミスター・プレジデント」

高い安全性を誇る執務室、会議室、職員室がずらりと並ぶ迷宮内の至る所で歓待を受け、緊迫感が緩和される。最上階の聖域で待つマイケル・オーウェン――洗練された物腰で、目つきの鋭いアフリカ系アメリカ人――だけが訪問を喜んでいないようだった。

オーウェンは国家の秘密を守る、いわば番犬だ。機嫌がよかった試しがない。それは彼が片足を失い義足になりながらも、国家安全保障局の廊下を自力で歩いているからだと、部下たちはみなしていた。だが、それは本当の理由ではなかった。少なくともその晩に関しては。スペインへ差し向けた諜報員ひとりのおかげで夜を徹しなければならなくなったうえに、大統領がこんな時間に会いに来るとは。〝どういうことだ？　揃いも揃って口裏合わせでもしたのか？〟

大統領が長官執務室のドアをノックすると、オーウェンは戸口に出迎え、ソファーへといざなった。熱いコーヒーでもてなし、最悪の事態に備えて覚悟を決める。

キャッスルが発したのはたったひと言だけだったが、その言葉はオーウェンにも始終つきまとってきた、いわくつきのものだった。

「大いなる秘密」

オーウェンは生つばを飲み込んだ。

「さて、マイケル」コーヒーを飲む間もなく、大統領は切り出した。「頼んでおいた資料を出してくれ」

「１時間しかありませんでしたもので、ミスター・プレジデント」

46

「それだけあれば十分じゃないか！　どんなものか知りたいんだ。その……何と呼んでいるんだ？　プロジェクト・エリヤだったか？」ＰＯＴＵＳは挑戦的なまなざしを上げた。危機を乗り越えるたびに『ニューヨーク・タイムズ』紙がほめそやし、有名にしたまなざしだ。

「直接命令を果たすのが、そんなに難しいかい？　チェチェンでの度重なるテロ事件以来、このオフィスに期待されている行動は明確だと思っていたが」

「ミスター、何しろこの時間ですから、ほとんど……」

「なあ、マイケル」やんわりとした口調で遮る。「ホワイト・ハウスに住んで25ヵ月間、国家安全に関するきみの日報に目を通してきた。どれもこれも周到なもので、毎朝一番にわたしの執務室に届いている。実に総括的で教訓的とも言える。財政、核兵器、生物兵器テロ、月面への有人飛行についてまで、わたしに語ってきた。しかし、その作戦については、いまだかつて見たことがない」

「ええ。しかし……」

「オーウェン長官」と制止する。「大統領に嘘をつく前に、ホワイト・ハウスが義務を果たしていることを知るべきだ。昨日、2名の補佐官をスペインに派遣した。米国市民の失踪事件を捜査させるためにだ。トルコで拉致された被害者について、スペイン在住の配偶者から有益な情報が得られるだろうと考えたからだ。報告によると、その男性はきみのところの元諜報員で、エリヤと呼ばれる作戦に参加していた」キャッスルは相手の顔に浮かび始めた狼狽の色を見取った。「しかも興味深いことに、きみの部下が先に到着していたというではないか。腹をすかせた猟犬のように。1時間足らず前に非公式筋から、元諜報員の配偶者も蒸発したとの報告を受けている。いったい何が起こっているんだ、マイケル？　わたしにまだ話していないことがどれだけある？」

オーウェンは難しい顔をして2名の随行者をちらりと見やり、暗に難色を示した。

「立会人なく、さしで話したいというんだな？」

「可能であればぜひ、ミスター」

「チーム内で秘密を持ちたくないんだ、マイケル。わかってくれるだろう？」

「信じられないかもしれませんが、わたしも秘密は持ちたくありません。しかし、この件に関しては不可欠となっておりますので」ひと呼吸置くと長官は続けた。「お願いします、ミスター・プレジデント」

ロジャー・キャッスルは了承した。

1分後、ふたりきりになると、地上最強の情報機関の責任者はソファーから立ち上がり、執務机から何かを取ってきた。驚くことに、それは赤い表紙のついた分厚い聖書だった。

「もうひとつ、お願いがあります、ミスター」

オーウェンはPOTUSの前に聖書を置くと、厳かな口調で想定外のことを頼んできた。

「大統領職の名の下に、これから打ち明ける情報はけっして第三者には洩らさないと誓ってください」

ロジャー・キャッスルは唖然として相手を見た。

「どういうことだ、マイケル？　誓約だったら就任式の場で済ませたではないか」

「遺憾ながらミスター・プレジデント。不当に思われても、プロジェクト・エリヤに関する規約に則っていただかねばなりません。時代遅れかもしれませんが、規約は規約です」

「時代遅れ？」

「お申し越しのプロジェクトは、チェスター・アーサー大統領の時代に始まったものです。わが国初の作戦で、特別な誓約をした場合に限り、アクセス可能となっています」

「チェスター・アーサーだって!?　１００年以上も前じゃないか！」

マイケル・オーウェンはうなずいた。

「あなたと同じ地位に就いた中でも、ごく少数の者しかエリヤにはアクセスしていません。時代錯誤に見えても、われわれの情報機関の大規模作戦の黎明ゆえ、いまだに特別なステイタスを享受しているのです。当然ながら、今日まで情報公開法の適用外とされてきました。存在すらほとんど知られておりません。アイゼンハワーが１９５３年、ジョージ・ブッシュが１９９1年にアクセスを求めています。両者はこの手続きを果たしました」

聖書を見つめたまま、オーウェンはキャッスルに決断を迫った。

「どうしても必要なのです、ミスター」

「違法行為に加担させるわけではないだろうな、マイケル？」

ＮＳＡ長官は起立したまま左右に身を揺すり、かぶりを振った。

「もちろんありません」

大統領はしぶしぶ聖書の上に片手を置き、秘密を保持すると誓った。その直後にオーウェンから１枚の文書を手渡される。そこには誓いを破った際の法的措置が記されており、ロジャー・キャッスルは署名した。

「ここまでする価値があることを願うよ」と、万年筆をしまいながらつぶやく。

「それはあなたのお心次第です、ミスター。ところでアーサー大統領について、あなたはどの程度ご存じでいらっしゃいますか？」

長官の質問は、張り詰めた場の雰囲気を和らげるための方策に思われた。キャッスルは手続きから頭を切り替え、彼について最後に耳にした話題を思い出すことにした。

「誰もが知っている程度だと思う」と微笑む。「お世辞にも歴代大統領の中で人気が高い方だったとは言えないだろう。〝エレガント・ボス〟と呼ばれ、ホワイト・ハウスを改装して神聖な装飾を施したのは彼だと聞いている。わたしが使用している寝室は、ティファニーがデザインしたものだそうだ。加えて、連夜のパーティーにどれだけ予算を注ぎ込んだかも！」

「そういった表向きの顔の裏に、あなたのお考えほど軽薄ではない人物像が隠されていたのです、ミスター。チェスター・アーサーはアイルランド出身のバプテスト教会伝道師の５番めの子として生まれ、聖書に対する情熱を受け継いで育ちました。ご想像がつくでしょうが、聖書への思いは内に秘め、公の場ではけっして出さないよう心がけていました。夫人にさえ見せなかったといいます。彼個人の覚書は公文書記録管理局の3本のマイクロフィルムに保存されていますが、おそらくそこにも触れられていないでしょう」

「たったの3本だけ？」

オーウェンはうなずく。

「それ以外は、本人が大統領官邸を去る前に焼却しましたので」

「いまとは時代が違うからな」とキャッスルは嘆息する。「わたしが同じことをしたら、どうなることか……。先を聞かせてほしい」

「在任中にアーサーが行なった、彼の真の性格をよく表す政策があります。ほとんど逸話と化していることですが、わが国最初の諜報機関、海軍情報局を創設したのです。アーサーは多くの海軍司令官たちと議論しました。当時彼をさいなんでいた事柄の証拠を見つけ出すためにです。何だかわかりますか？」

大統領は首を横に振る。

「世界大洪水です、ミスター」

「続けてくれ」

「すべては時代背景をもとに理解せねばなりません。アーサーの大統領就任2年め、後にミネソタ州初代知事、下院議員になる同じ共和党の――とはいえ当時は到底政治家になるとは思われない教養人でしたが――イグナティウス・ドネリーが著作『アトランティス、大洪水前の世界』を出版しました。何ヵ月間も議会図書館に通い詰め、プラトンが対話の中で言及している、大洪水で滅びたアトランティスが実在した証拠を探し求めた末に書かれた労作で、かなり話題になりました。アーサーのようなインテリが、それを読んで不安になったとしても不思議なことではありません。そこへインドネシア・クラカタウ大噴火の第1報がホワイト・ハウスに飛び込んできたとあっては、不安は倍増したことでしょう。広島の原爆の1万倍以上のエネルギーで爆発し、40メートルの高さに達する津波を引き起こし、列島を丸ごと壊滅させたのですから」

「彼の在任中に発生したと？」

「そうです。それで大洪水に関する情報の入手を海軍に依頼した。早晩再発する可能性があることを確証づけるためにです」

キャッスルは半信半疑でオーウェンを見つめた。

「それらがすべて確かな情報であるといいんだが……」

「確かです、ミスター」

「では」重々しい口調でつけ加える。「その大統領命令の目的が大洪水の調査だったというなら、なぜアーサー大統領はそのプロジェクトをノアではなくエリヤと名づけたんだ？」

46

オーウェンは微笑んだ。〝この男は自身をオーバルオフィスの主へと導いた、勘の鋭さを保ったままだ〟

「まだ重要な事柄を説明しておりません」と応じる。「チェスター・アーサーが案じていたのは、ノアの大洪水が起こったかどうかではありません。彼にとってそれは疑う余地なきことでした。知りたいのは、そういったことが任期中に起こりうるかどうかだったのです」

「恐れるに足る理由があったのかい？」

「聖書には、ノアの大洪水のあと、新たな大洪水が起こることがほのめかされています。預言者マラキが旧約聖書の最後に記した言葉の中に。ここを読んでみてください」

オーウェンは再び赤いカバーの聖書を取り出し、「マラキ書」の第4章末尾を開けて置いた。

《見よ。わたしは、
　主の大いなる恐ろしい日が来る前に、
　預言者エリヤをあなた方に遣わす。》

「おわかりですか？〝大いなる恐ろしい日〟は預言者エリヤの再臨と関係しているのです。エリヤの再臨はユダヤ人の間ではいまだに信じられ、過越し祭にはエリヤが家庭を訪れることを期待し、食事の席まで用意しておくと言います。そういったことにこだわっていたチェスター・アーサーが、終末の警告役である預言者にちなんだ名前をつけ、その日の特定を最優先目標としたのは確実です。それで海軍に依頼したわけですが、プロジェクトにはさまざまな学問分野の科学者たちも加わっていました。そしてメンバーの誰もが、あえて幕を閉じることができずに今日まで至っています」

キャッスルはいまわの際《きわ》に、父の口から飛び出した言葉が聖書と関わるなど考えもしなかった。

「それで……特定はできたのかい？　その日がいつになるか」

「最終的に科学者をはじめとする集団は、実に特異な結論に達しました」

「教えてくれ」

「聖書を再読し、彼らは気づいたのです。ノアの場合もエリヤの場合も、大災害の情報は彼らの自然観察によって得られたものではない。事実、両者は世の終わりの日付を特定したわけではなく、高次の存在から直接知らされたのです」オーウェンは落ち着きなくまばたきした。「至高の知性、偉大な建築家、創造主である神からです。ご理解いただけましたか？」

「なるほど、神ね」とキャッスルは懐疑的に繰り返した。「それで？」

「どうやらご理解いただけてはいないようですね。作戦の目的は、同じような状況を警告してもらうため、神との対話の経路を見いだすことです。もしもの事態に備えてノアと同じような生命保険をかけておきたい。単にそれだけの理由です」

46

「何だって!?」

「プロジェクト・エリヤは神との交信回路を求めています。だからNSAがそれを担っているのです。政府の情報通信システムを守るのはわれわれの使命ではないですか？」

「冗談だろう？　この国の軍の情報機関本部に祈禱師集団がいるなんて。どうにも想像がつかないよ」

「祈禱師集団ではありません、ミスター・プレジデント」オーウェンは訂正した。「交信者集団です」

ロジャー・キャッスルは目をかっと見開いた。

「要するに、海軍情報局に始まり、国家安全保障局へと引き継がれた、物理的な神との直接対話を目指す秘密プログラムが、100年以上にもわたって存在してきたと言いたいのか？」

「実際にはあなたがお持ちの印象よりも、ずっと理性的な性質のものです、ミスター。アーサー大統領の時代は交霊術の盛んな頃でした。世の半数があの世と通信できると信じていた時代です。電信電話の分野における進歩は目覚ましく、向こう側、すなわち天国と会話ができるようになるのも夢ではないと考えられていました」

POTUSの顔が落胆に曇る。

「マイケル、教えてほしい。いったいそんなことにどれだけ予算を注ぎ込んでいるんだ？」

「エリヤには定まった予算はありません。情報あるいは材料が必要な場合には、該当する部局に依頼しています」

「なぜ、いまだかつてこの狂気に誰もピリオドを打とうとしなかった？　それはそういうものだからか？」

オーウェンは厳しい目で彼を見据えると、ソファーから立ち上がり、義足を引きずりながら窓辺へ寄った。

「アポロ計画もまた狂気だったと記憶しています。しかし12名の米国人の月面上陸を成功させた。エリヤがいまだ終了しないのは、近年興味深い結果を出しているからです」

「また冗談か」

わずかな間に三度、大統領は自分が耳にしたことを疑った。

「プロジェクト・エリヤはチェスター・アーサーの時代からずいぶんと進化しています。哲学的にはエリヤとよく似た、地球外知的生命体探査プロジェクトが山ほど存在するような時代ですから」

「そりゃそうだろう」と認める。「１８８２年には電波望遠鏡はなかったわけだから……」

「そのため、太古から神との通信に使われてきたラジオを収集するグループが組織されました。それらを集めて新たに機能させようとしたのです。当時とはかなりメンバーが入れ替わりましたが、知識人たちが多数参加しています。彼らが行なっているのは純然たる科学ですが、その基盤は非常に古く、あまりに進んだ結果を出していることから、公にすれば魔術だとみなされ

46

ることでしょう」

「ちょっと待ってくれ。ラジオと言ったかい？」

　ロジャー・キャッスルは驚くばかりだった。

「昔の鉱石ラジオを覚えておいでですか、ミスター？」

「祖父が1台持っていたが……」

「方鉛鉱など鉛の含まれた硫化鉱物を使った原始的なラジオで、電波を鉱物に通すだけで音声信号を取り出すことができます。電波のみを電源に利用するため乾電池は必要なく、構造は至ってシンプルです。装置内で適切な位置に金属線を接触させれば、鉱石が検波器と化し、放送を受信できるのです」

「それはノアの時代にも知られていたのか？」

「われわれはそう見ています。実際、人類の祖先は神との対話に石を使用していました。それらは交信に適した周波数を発することのできる、電磁を帯びた鉱物でした。秘密にしてはおけなかったらしく、あらゆる聖典で言及されています。十戒の石板、メッカのカアバ、ヤコブの石、スコットランドの〝運命の石〟、ギリシア・デルポイの神託所のオンパロス、アイルランドのリア・ファル……オーストラリアのアボリジニの間でも〝魂の石〟もしくはチュリンガの名で知られています」

〝石だって!?〟

それらのひとつを届けるという、エレン・ワトソンが彼にした約束が脳裏にひらめく。

「いいだろう、マイケル。それでは注意深くわたしの話を聞いてくれ。この作戦について何かも知りたい。計画の内容。メンバーは誰か。目的遂行のためにどんな手段を取ろうとしているか」執務室の窓辺にたたずむ男の視線を探してつけ加えた。「なぜそれらの石とつながりのある人間がふたり、失踪したのか」

「お答えするのに支障はございません、ミスター。ただ現在、プロジェクト・エリヤにとって非常にデリケートな時期に差しかかっておりまして」

「どういうことだい？」

「100年間で初めて、深刻な競争相手が出現したのです」

「何だって？」

「何者かが古代のテクノロジーの知識を使って、われわれよりも早くその通信回路を開こうとしています。ふたりを連れ去ったのはその者たちです。しかし、すでに当局では彼らを追跡しております、ミスター」

「作戦の前に立ちはだかっている者たちとは、誰だ？」

ライトアップされ、宵闇の中で炎の矢のように輝くワシントン記念塔。その光景を遠方に望む窓から離れたオーウェンは、大統領の瞳をじっと見据えた。

「その質問にお答えするにはこの建物から出なければなりません、ミスター。リムジンは表に

46

待たせてありますね？」

「ああ」

「ノンストップで走れるよう取り計らっていただければ、ＮＲＯまで40分で到着します」

「国家偵察局まで？　いまから？」

オーウェンはうなずいた。

「どうしてもお見せしたいものがあります」

47

「『se te da visionada』『Ioan d'Estivadas』『sadavitse d Naoi』見えてきませんか？」

ゲームの場外にいるように感じながら、わたしは頭を振った。

なのにアルメニア人はまだ期待の目でわたしを見つめている。論理力の差がありすぎるのだが、その事実をどうにも認めがたいらしい。

「アナグラムですよ！」とドゥジョクは叫ぶ。「歴然としているではないですか！」

「確かなの？」

「間違いなく。マーティンがあなたに送ったメッセージは、この墓に彫られた名前のアナグラムだったのです。気づきませんでしたか？　同じ文字を使っていますが、順番が違います。石を見つけるのにどこを見なければならないか、マーティンははっきりと告げることはできませんでしたが、この教会に来てこの墓を見るようにというヒントは与えていたのです。あなたのアダマンタはここにあります」

47

あまりの自信に驚いた。

「わたくしはマーティンの思考の傾向を熟知しています。フェイバー夫人。人類最古の暗号システムを使ったのです。その名の文字の順番を入れ替えれば、彼があなたに送った言葉が正確に形づくられます。ご主人の最後の言葉を覚えていらっしゃいますか？」

「ええと……」と口ごもる。「『La senda para el reencuentro siempre se te da visionada（つねに再会への道をきみは見とおすだろう）』」

「『La senda para el reencuentro（再会への道）』は『se te da visionada』、つまり『Ioan de Estivadas』にある。気づかれましたか？『Ioan de Estivadas』と『se te da visionada.』は過不足なく同じ文字からできているのです」

わたしは混乱して頭をかきむしった。

「納得がいかないわ。どうしてエスティバダスがノアと関係するの？」

「それはこちらがうかがいたい。彼のことは何でも知っていると、おっしゃっていましたよね？」

「何でも知っているではなく、この土地では名前も経歴も知られていると言ったのよ」と訂正する。「ノイアでは有名なワイン蔵所有者で、その名を冠した通りもある。カトリック両王の時代〔１４７４年～１５０４年の、アラゴン王フェルナンド２世とカスティーリャ王イザベル１世の治世〕、アメリカ大陸が発見される直前に生まれ、マリア・オアネスという名家の女性と結婚した。経歴はそんなところです。16世紀の人物がノアだとはとても……」

「思われないと？」ドゥジョクが微笑む。「いまわたくしに与えてくださった情報も含め、もう一度注意深く考えてみてください」

「何が何だか、わたしにはさっぱり……」

「単純なことですよ。エスティバダスという人物は実際には存在しなかった、象徴でしかなかった可能性が高い。ワイン蔵所有者という職業は、ブドウの栽培者だったノアと非常によく似ています。それに妻の姓にまで大洪水前の響きがある。バビロニア人はエンキ神のことをオアネスと呼んでいたのです。『ギルガメシュ叙事詩』はご存じですか？」

正直驚いた。

「そりゃあ、もちろん」

「では、エンキ神が古代メソポタミア神話におけるノア、ウトナピシュティムに大洪水の到来を告げたことは、説明するまでもありませんね。それに」と墓石を叩きながら言う。「ここに書かれたエスティバダスの洗礼名Ioan（ヨアン）は、逆さに読めばNaoi（ナオイ）、つまりノアです。したがって、われわれが探し求めていたのはこの墓に相違ない」

何と答えてよいかわからず、わたしは呆然と彼を見つめた。

「しっかりしてください、フェイバー夫人！」ドゥジョクはわたしを励ました。「この墓の中には何が入っているのです？」

47

「わたしが知る限りでは何も……元あったサン・マルティーニョ教会から移された時点で、すでに空だったといいます」

「それならなおさら物を隠すには都合がいい。蓋を動かすのを手伝っていただけますか？」

48

マルクス主義者のアントニオ・フィゲーラスも、今回ばかりはペルーの聖マルティン・デ・ポーレスにあやかりたかった。2名の部下の殺害犯を乗せて飛び去るヘリコプターを追うか、それともフェイバー夫妻の石に関する新情報を聞くため、友人マルセロ・ムニスの家へ向かうか。難しい選択を強いられたフィゲーラスは、こんな時、かの聖人のようにふたつの場所に同時に存在できるバイロケーション能力があったら、どんなにいいかと思ったのだ。

署長はすでに軍に連絡を入れて、コスタ・ダ・モルテ地方バルバンサ山脈にあるレーダーで同機の経路を追跡するよう依頼し、その情報をもとに捜査チームが組織されることになっている。そこでその間、彼は宝石商に会いに行くことにした。

サンタ・マリア・サロメ教会の真裏にある狭い袋小路の、手芸品店や安ホテル、巡礼者や観光客の喧騒とは無縁のレストランがひしめき合う一角に、マルセロの住まいはあった。宝石商はサンティアゴ市内で最も古い建物のひとつを改装し、個人博物館にしつらえていた。夢のような場所だった。骨董品や蔵書、世界の民芸品が並べられた棚には、あらゆるものごとへの答えが用意されているように映る。それはまさにいま、フィゲーラスが必要としているものだった。答えが欲しい。司法解剖の結果、最も恐れていたことが判明した。2名を殺害した弾丸は、鑑識係が大聖堂内部で発見したものと一致した。その報告は彼を勇気づけるどころか、さらに意気消沈させた。あと1分、ほんの1分早く、オブラドイロ広場にたどり着いていれば、殺人犯を捕まえ、部下たちの命を救えたかもしれないのに。

「それで、犯人はヘリコプターで逃げたと？　確かなの、それは？」

ムニスは淹れたてのコーヒーと菓子皿に上品に盛りつけたマドレーヌを運んでくると、サロンのテーブル上に置き、差し向かいに座った。一睡もせずに夜を明かしたというのに、トレードマークの蝶ネクタイをきちんと締め、スキンヘッドもきれいに剃り上げている。

「この目で見たんだ、マルセロ。何やらとんでもないことが起こっているらしい」

放心したようなフィゲーラス。唇はひび割れ、シャツはよれよれ、髪は乱れてぐしゃぐしゃで、清潔感漂うムニスと比べ、浮浪者のような外見だ。

「とにかく……きみの役には立てると思う」と言うと、コーヒーをカップに注ぎ、警部に差し出す。宝石商は満面の笑みをカップで隠し、コーヒーをすすると続けた。「フェイバー夫妻にとって、どうしてその石がそんなに価値あるものかがわかったよ」

警部はカップから視線を上げると、期待を胸に相手を見つめた。

「さっさと教えろよ」

「まずはきみが言っていた、税関申告したという点から探ってみたんだ。インターネットで調べてみたら、面白い情報が見つかってね。それらの石は宇宙石なんだって」

「本当かよ、おい！」

「冗談のわけがないだろう、アントニオ」真剣な表情で言い返すムニス。彼の腕白坊主のような目つきは消えていた。「登録番号から原産地を追跡していたら、あることに行き着いたんだ。フェイバー夫妻はスペインに来る前、一時期石をロンドン自然史博物館の鉱物学研究室に預けている。残念ながら結果に関する情報はないけど、基本データに石の出入りの日付と、非常に特異な記述を見つけた」

「おいおい、マルセロ……おまえの話に一日中つき合う暇はないよ」

蝶ネクタイの位置を直すと、このうえないほどの笑顔でムニスは言った。

「石を博物館にゆだねたのは、マーティン・フェイバーではなく、The Betilum Company、略称ＴＢＣという企業だと書かれていた。聞いたこと、ある？」

眠たそうな目をしたフィゲーラスは、首を激しく横に振る。

「インターネット上を探し回ったけど、情報を見つけ出すことができなくてね。ペーパーカンパニーの一種だろうと、あきらめかけていた時に、ふと思い出して……」

「何を？」

48

情報処理の天才と名高いムニスだったが、彼の説明は警部の期待をはるかに超えるものになりつつあった。

「昨晩、古物売買のメジャーなウェブサイトのどこかで、その名を見かけていたことさ。探してみたんだけど、メインページにはなくて、貴重な古書を手に入れているVIP顧客リストに目を転じたら、大当たり！　足取りがつかめたんだ」

「何の足取りをさ？」

「その会社、The Betilum Company のだよ。しばらく前に高価な品々を落札している。魔術や天文学、聖書外典といった奇妙な古書ばかりで、最後に手に入れたのは1564年にオランダで出版された『Monas Hieroglyphica（聖刻文字のモナド）』って本。ロンドン在住のヨアネス・ディーという人物の作で、ラテン語で書かれたものだ」

「で、どんなものかわかっているのか？」

「そりゃあものすごく興味深いものだよ！　シンボルについての論文でね。著者によると、正しく使用すれば宇宙をコントロールできるというんだ。そのディーって人物はあらゆる創造物の基本原理がたったひとつのグラフィックデザインに含まれていると主張している。大自然を思いのままに制御するマスターキーの一種だと。唯一の言葉、神みたいにね」

「シンボルだって？」その朝フィゲーラスに、シンボルについて語ったのはムニスでふたりめだった。

「そうだよ。見てみる？　これなんだ」

フィゲーラスはポケットから手帳を取り出すと、おおよその形を写し取った。どう見ても大それたものには思われない。

「何か言った？」
「いいや」
「もうひとつ喜びそうな情報を伝えておくよ、アントニオ。ラテン語表記でヨアネス・ディー、英語表記でジョン・ディーはエリザベス朝時代に魔法の石を使うことで有名だった。それってフェイバー夫妻が申告書に記した時代だろう？　ディーの石は世にも奇妙な神託の石で、未来の予言や精霊との対話といったことに使われたらしい……多くは隕石だった。だからさっき宇宙石だと言ったんだ。たぶん」興奮ぎみにつけ加える。「フェイバー夫妻がスペインに持ち込んだものだと思う」

48

「確かなのか？」

「これを見て」

ムニスはコーヒーカップと菓子皿を脇に寄せ、数枚の紙を置いた。古書を複写したものらしく、ラテン語で書かれている。一瞥しただけでフィゲーラスはめまいを覚えた。

「『聖刻文字のモナド』のコピーだよ。いまし方ロサンゼルスの友人に頼んで、スキャンしてEメールで送ってもらったんだ。ほら、ここ。ハプスブルク家のマクシミリアン皇帝に捧げた序文に、科学と魔術に対する情熱を込め、ディーはこのシンボルが天国との通信を可能にする数学的な鍵だと説明している。忘れられし古代のシンボルを復活させ、神の物質の表れである〝アダムの石〟を使う者は、神を呼び出すことができるとまで言っている」

「アダムの石⁉　何だそりゃ？」

「アダムの石、アダマンタ、いろんな呼び名があるよ、アントニオ。でもどれも天国からもたらされた鉱物として描写されている。地球上に落下した岩で、神聖なものとして崇拝され、それを通して遠方のものを見ることができたという。いまのテレビみたいにね……。それらは明らかに隕石のことで、それ相応の魔術の儀式によって始動させねばならなかったんだ。ほら、ここに」そう言って紙をめくると、1枚を彼に差し出す。「ここにはっきり書かれているよ。石を所持した者は《Aeream omnem et Igneam Regionem explorabit（風と火の全領域を探査することができる)》って」

PRAEFATIO AD REGEM

Primus Ipse abibit: Rarißimeque, post, Mortalium conspicietur oculis. Hæc, O Rex Optime, Vera est, toties decantata (& sine Scelere) MAGORVM INVISIBILITAS: Quæ (vt Posteri omnes fatebuntur Magi) nostræ est MONADIS concessa Theorijs. Expertissimus
11\. MEDICVS, etiam ex eisdem, facillimè Hippocratis Mysticam assequetur voluntatem. Sciet enim, QVID, CVI,
Lib. de Flatibus. ADDENDVM ET AVFERENDVM sit: vt, ipsam Artem sub maximo MONADIS nostræ Compendio, & MEDICINAM ipsam contineri, Lubens deinde fateri
12\. Velit. BERYLLISTICVS, hic, in Lamina Chrystallina, omnia quæ sub Cælo LVNÆ, in Terra vel Aquis versantur, exactissimè videre potest: & in Carbunculo siue אורים Lapide, Aëream omnem & Igneam Regionem ex-
13\. plorabit. Et, si VOARCHADVMICO, nostræ Hieroglyphicæ MONADIS, Theoria vigesima prima, satisfaciat; Ipsique, VOARH BETH ADVMOTH, Speculandum ministret: Ad Indos vel Americos, non illi esse Philosophandi gratia, peregrinandum, fatebitur.

14\. Deinque de ADEPTIVO genere (quicquid vel ARIOTON Ars subministrare, vel polliceri poßit; vel viginti Annorum maximi Hermetis labores sunt assecuti)
An. 1562. licet ad Parisienses, sua MONADE peculiari (Anagogica Apodixi illustratum) aliàs scripserimus: Vestræ tamen Maiestati Regiæ constanter asserimus, ID OMNE, Analogico nostræ MONADIS Hieroglyphicæ Opere, ita ad viuū exprimi, vt Similius aliud Exemplum, humano generi non posset

48

人差し指で文字を追うフィゲーラス。

「そのフレーズの前の部分に注目して」背後に回ったムニスが荒い息をつく。「《Lapide》つまり〝石〟という言葉の直前に、ぼやけた部分があるでしょう？　三つのヘブライ文字なんだけど」

「ヘブライ語なんかわかんねえよ」と悪態をつく。

「右から順に、א（アレフ）とד（ダレット）とמ（メム）。アダムという語を構成する三つの子音だ。《Adam Lapide》とはアダムの石、アダマンタ、天国の石を意味している」

「で、フェイバー夫妻の石もそういった類《たぐい》のもんだと？」

該当箇所で指を止め、フィゲーラスは囁いた。

「そういった類、ではなく、そのものだよ」と結論づける。「ところで、さっきの会社名にあった betilum ってどういう意味だか、知っている？」

フィゲーラスは首を横に振った。内ポケットに振動を感じる。携帯電話にメッセージが入ったらしい。

「そうだと思った」とムニスが微笑む。「聖書に出てくる言葉だよ、アントニオ。Bethel（ベテル）とは、ヘブライ語で〝神の家〟を意味する。ヤコブが天国と行き来できるはしごのビジョンを見た場所の地名だ。族長はそこにあった黒い石の上でうたた寝をしていて、それを見たんだ。中世以降、betilo という言葉は、ある種の特質を持った隕石の呼び名として使われるようになった」

「1個いくらぐらいするんだ？」

携帯電話のフリップを開けて、朝一番のEメールを確認しながら尋ねるフィゲーラス。友人の無神経さと感受性の乏しさは驚嘆に値すると、ムニスは感心した。

「ものにもよる」

「ものにも？」

「そう。性質、年代の古さ、経歴……ディーの逸話つきの石だったら、ひと財産築けるよ。おまけに天国の扉を開くことができるとあれば、値は計り知れないね」

「おまえは天国に扉があると思っているのか？」

「これでも一応、敬虔な信者だから。きみとは違って……」

しかし、フィゲーラスの気持ちは、もうそこにはなかった。メッセージは署長からで、またしても彼と連絡が取れず、激怒しながらショートメールで送って寄こしたのだ。

《〝特別待遇を要する〟援軍、ラバコジャ空港にまもなく到着。即迎えに急行されたし》

49

ファン・デ・エスティバダスの石棺の蓋は傷だらけだった。彫像の顔の部分は無残にも削られ、側面には裂け目ができ、セメントで下手な補修をしてある。アルテミ・ドゥジョクは傷を指でなぞったが、ひと言も発しなかった。7個の紋章のうち2個は取れてなくなっている。ひと押しすれば彫像自体も崩れてしまいそうだ。

「ぐずぐずしていないで」モニュメントの状態に躊躇するわたしをドゥジョクが急かす。「蓋を数センチずらすだけですから。中をちょっと確認して元に戻しましょう」

「500年も昔のものだから……」

「動かしたなんて、誰も気づきませんよ」

彫像の足元側の左右の角をドゥジョクと一緒に持ち上げた。初回はびくともしなかった。思ったよりも蓋が重いからか、補修時のセメントで固められているかだ。2回めで蓋は動いた。石の擦れる音が構内に響き、暗く四角い穴が目の前に開けた。

強い酸のにおいが棺から洩れたが、ひるむことなく先にわたしは中を覗き込んだ。

内部の様子に愕然とする。

空っぽだった。まったく何もない。

「ここにはないわ」とがっかりして告げる。

「確かですか？」

ドゥジョクはわたしと交替すると、ポケットから懐中電灯を取り出し、棺の中をむさぼるように詮索する。奥には埃とクモの巣が光っているだけだ。外側よりも内側の方が損傷は激しかった。壁面は全体にわたって穴が空き、多孔質でもろい石灰石が虫に食われたらしい。厚さ1センチはありそうな灰色の乾いた埃の膜が底を覆っている。懐中電灯の明かりで見えたものにわたしたちは目を奪われた。何かを引きずった跡のようだ。最近指でつけられたらしい。右側から始まり、わたしの前の角へと続いていた。

「そこだ！」ライトでその角を照らし、ドゥジョクは歓喜の声を上げた。「覗いてみてください！　すぐそこにありますから！」

わたしは即座に内部を覗き込んだ。

アルメニア人の言うとおり、手前真下に小さな布の包みが見えた。保護布にくるまれたアダマンタに相違なかった。金色のひもで結び、細心の注意を払って、簡単には見つけられない、死角部分の穴の中に置いてある。

49

マーティンがあの大きな手でこの小さな包みをこしらえ、こっそり隠したかと思うと、ほろりとさせられる。両手に包みを持ったまま、わたしはしばし呆然とたたずんだ。

「開けてください！」

震える手でひもを解き、石棺から1〜2歩離れて明るい場所へ持って出た。布を開くと、予想どおりアダマンタはそこにあった。首からかけられるよう銀のリングにはめ込まれた、完全なかたちでだ。感情と思い出の波が押し寄せ、われを忘れそうになった時、アルテミ・ドゥジヨクの厳しい声が背後で轟《とどろ》いた。

「何をのろのろしているのです？　すぐに始動させましょう！」

50

ロジャー・キャッスルはアメリカ国家偵察局（ＮＲＯ）が初めて公にされた時のことをよく覚えている。１９９２年9月、ニューメキシコ州の上院議員に選出されたばかりの頃だ。１９６０年の創設以来、ＮＲＯは極秘機関だったが、90年代初頭、『ニューヨーク・タイムズ』紙にスクープされた。湾岸戦争後の景気後退などが原因で、大統領選で苦戦していたブッシュ大統領は、その存在を認めざるをえなかったのだろう。パンドラの箱が開けられ、衝撃が地上のメディアを席巻した。

その歴史的な決定以前、キャッスルのような愛国者たちは、知りうる唯一の情報、略称のＮＲＯをもじって「Not Referred to Openly（表立って言わない）」と冗談を言い合うにとどめていた。当時年間60億ドル前後であった予算はもとより、その使途についてはなおさら知りえないと、わかっていてのことだった。

いつの日か、ハイテクノロジーを駆使したその施設を訪れ、納税者のために機能させたい。

50

ブッシュ政権の終わり頃から、キャッスルはそう願っていた。近い将来、〝宇宙空間における国家の目と耳〟は、軍人だけでなく――ホワイト・ハウスのスタッフも含む――万人のために奉仕するようになるべきだと。だから現職のPOTUSは、これから自分が未知の領域に足を踏み入れようとしていることを承知していた。

マイケル・オーウェンとロジャー・キャッスルは、バージニア州シャンティリーにある、サーモン色の地味な外観のNRO本部に急遽到着した。リムジンの短い車列が建物裏手に回り、駐車場でふたりを降ろす。時刻が午前1時になる前には、両者は偵察衛星の運用管制室を臨む執務室に座っていた。そこは年中無休で24時間、稼働しているオフィスだ。

「エドガー・スコットと申します、ミスター・プレジデント。お越しいただき光栄です」

正装した50歳ぐらいの厚縁メガネの役人とキャッスルは握手した。20分前に連絡を受けて、叩き起こされたのだろう。ひげを剃る間もなかったようだ。小柄で、禿げ上がった頭頂を銀髪の巻き毛が取り囲み、黄色い歯をして、額には深いしわが数本刻まれている。このような状況に遭遇したことはいまだかつてないらしい。地上で最も権力ある男を前に、どんな些細な問題が原因で本人が自分のオフィスへ乗り込んできたのか、直立不動で考えあぐねている。

〝それとも、些細なことではないのだろうか？〟

そう予感すると、何らかの兆しが見えないかと、今度は寸分の隙もないマイケル・オーウェンの表情を読み取ろうとする。

「スコット君は」と国家安全保障局長官が大統領に紹介した。「国家偵察局の局長で、プロジェクト・エリヤの科学者チームのコーディネーターでもあります。作戦の進行状況については熟知していますから、あなたのご質問に答えてくれるでしょう」

キャッスルは男性を観察した。タブーとされている問いに答えるよう、迫られるのではないかと当惑している。だがオーウェンは、予想外のことを言った。

「3時間前、スペイン時間の午前4時25分に、われわれの〝目〟のひとつが捉えたものを大統領にお見せしてくれたまえ」

「もちろんです、長官」スコットは従順に応じると話を引き継いだ。「わたくしどもの宇宙スキャン・テクノロジーについて、あなたがどれほどお詳しいかは存じ上げておりませんが、ミスター・プレジデント」

「きみが詳しく説明してくれ、エドガー」

「承知いたしました。当局が直接管理している光学機器と高解像度の放射計を備えた軌道衛星は約50機に上り」と誇らしげに告げる。「NSA、CIA、空軍情報・監視・偵察局、NASA、米海兵隊でも、日々わたくしどもの情報を利用しております。中でも最も高く評価されているのが、電磁エネルギーの検出器です。どの偵察衛星も地球の電磁場（EMフィールド）における微細な変化を検出できます。たとえば、ホワイト・ハウスのステートダイニングルームにあるカニのスープの温度を検出し、どんな材料からできているかを特定することも可能です。

50

化学成分の識別には、周囲のＥＭフィールドを生み出す熱との温度差を調べるだけで十分なのです」

「偵察衛星はウラジーミル・プーチンが毎朝執務室で開く『プラウダ』紙を覗き見るのに作られたんじゃなかったのか！」とキャッスルは冗談を言う。

「それも可能ですがミスター、最優先課題とは言えません」

「わかったよ、エドガー。今後はヴィシソワーズ〔20世紀に米国で生まれたポロネギ風味の冷たいジャガイモのポタージュ〕だけを飲むよう心がけるよ」と大統領は再び冗談で返した。「ところで、スペインで昨晩キャッチしたものとは？」

「いまだかつて見たことのない現象です、ミスター。イラン、イラク、インドの広範囲にわたってエネルギー活動の異常を監視する最新型の人工衛星ＨＭＢＢが警報を鳴らし、わたくしどもを慌てさせました。この人工衛星は地上４００キロから毎日、中東の特定地域を走査しているのですが、イベリア半島西側上空を通過中、たまたま何かを捉えたのです」

　エドガー・スコットは黒い筒の中から数枚の丸めた紙を取り出すと、机上に広げた。

「ひとつひとつご説明しましょう。ここに写っているのは、いまから48時間前に高度３万メートルの上空から撮影された画像です。ここと ここに識別される光の塊は」とポルトガルの北にある狭い地域を指し示す。「スペインの西岸、ア・コルーニャ市とビーゴ市です。そちらの暗くなっているゾーンに注目してください。海岸線から直線距離で40キロほど内陸にある、サンティアゴ・デ・コンポステーラ市です。ご覧いただけましたか？　闇の中にほんの2〜3個、光の点があるだけです」

大統領はうなずいた。

「続いて本日現地が夜明けを迎える前に、同人工衛星が撮影した別の写真をお見せします」

1枚めと同じサイズの2枚めの画像に見入る。印画したてのアルコール臭が漂っている。

「なぜこの写真では、サンティアゴがこんなに激しく光っているんだい？」

「お気づきいただけたようですね、ミスター。HMBBはそれで警報を鳴らしたのです。現象は約15分間続き、未曾有のEMポテンシャルが検出されました」

「ほかに検出した者はいないのか？　中国は？　ロシアは？」

「していないと思います、ミスター。以前であれば、一都市のエネルギーをすべて吸い上げる電磁パルス（EMP）爆弾の可能性も考えたことでしょう。ただし、その場合にはもっと長く発光が続き、あらゆる人工衛星の注意を引いたはずです。ところが、今回の活動は非常に限定された都市部の一画に集中していました」そう言うとスコットは、外灯に照らされた郊外の道路が見えるほどまで解像度を上げた画像を広げた。

「ここです。EM放射がその大きな建物の周囲2キロの範囲を暗くしています」

キャッスルは興味深く画像を眺めた。灰色がかった十字型のシルエットが判別できる。

「何だい、それは？」

50

「大聖堂です、ミスター・プレジデント。放射はこのゾーンから発せられているのです。内部からか、周囲の建物からかは特定できませんが」

ＮＲＯの局長は口元まで出かかっている言葉を発しにくいとでも言うように、ネクタイを緩める。

「申し上げるまでもなく、周辺には科学研究所、軍の実験場そのほか、強力な光線を発する疑いのある施設はありません。そのうえ、わたくしどもが困惑したのは……」

「したのは？」

「その放射が大気圏外へと向けられていることです」

「大気圏外？」

「そうです、ミスター・プレジデント」スコットが解説する。「スペイン北西部から宇宙の彼方へ高エネルギーの信号が発信されたのです。誰がどのようにやったのかも、何が含まれていたのかもわかりません。それに、そのような強い放射を生み出せるものが何であるのかも……地上のどこかに出現するたびに、プロジェクト・エリヤが管理しようと努めている聖遺物を除いては」

「さらに興味深いことに、ミスター」オーウェンがつけ加える。「あなたがわたしの執務室でお尋ねになった、エリヤの元メンバーの妻は放射の瞬間に居合わせているのです。そしてその後、消えてしまった」

「本当かい？」

「彼女から事情を聞くべく、優秀な部下のひとりを派遣した理由がこれでご理解いただけましたか？　わたくしどもが深刻な状況にあることを納得していただけましたか？」ＮＳＡ長官の顔が曇る。「そのような放射がわれわれの埒外で起こるのは、あるまじきことです」

ロジャー・キャッスルは再び、電磁放射の光を捉えた衛星画像を覗き込んだ。

「人工衛星は誰が彼女を連れ去ったか、撮影していないのかい？」とオーウェンに尋ねる。

「いいえ、ミスター。しかし、そのひずみが誘拐と同時に引き起こされたことは確かです。それについての報告は受けておられますか？」

キャッスルは仕草で否定した。

「わたしは受けています」とオーウェンは暗い表情で告げる。「ミスター・プレジデント、あなたは戦略家でいらっしゃる。この方程式を解いてください。何者かがエリヤで働いていたことのある元諜報員を拉致した。〝ラジオ石〟の使い方を知っている近親者をも誘拐し、聖書の時代から使われていなかったテクノロジーを始動させようとしている……その目的は、われわれと同じであるとしか考えられないではありませんか」

「神との通話だと……？」

「ミスター。プロジェクト・エリヤは言うなればまだ、電話の受話器を取った段階です。どうかわれわれの手にゆだねておいてください」

51

「アダマンタを始動させるって、いったいどうやって？」

ばかなことを言うなとばかりに、ドゥジョクはわたしを見た。

「いつものようにですよ、フェイバー夫人」と答える。「あるトーンの振動で始動することは教えられているでしょう？　人間の喉から発せられる抑揚のついたいくつかの音には、物質の構造を変える力があると、ご主人は言っていませんでしたか？」

アルメニア人の読みはまたもや正しかった。わたしは少なくとも、理論上ではそれを知っていた。でも、ここ数時間のうちに引き起こされたできごとにナーバスになりすぎて、わたしの脳は呆れるほどに記憶力が鈍っている。それにマーティンを探しにこの男と一緒に駆け出し、魔よけ石を見つけ出すことに夢中になっていて、重要なことを忘れていた。

適切な呼びかけ、石に生命を与えるジョン・ディーの呪文を正確に唱えることがなければ、アダマンタは単なる鉱物にすぎないのだ。

「その石が機能すれば」とアルメニア人は予測する。「マーティンの石が共鳴するでしょう。それが、ディーやロジャー・ベーコンら自然哲学者たちが〝speculum unitatis（鏡の合一）〟と呼んだもの。現代の物理学者たちが〝量子の交錯〟と定義づけたものです。考えてもみてください。同じひとつの〝源〟に由来するふたつの独立した原子は、つねに同じモードで活動する。両者を隔てる距離にかかわらずです」

「そうなれば、マーティンがどこにいるかがわかるのですか？」確信が持てずにわたしは訊いた。

「そうです。われわれは彼の石から発せられる、いかなる電磁放射も検知できる技術を持っています。どこで発生しようともね。マーティンのアダマンタがあなたのアダマンタに反応すれば、座標軸は瞬時に捉えられます。あなたはあなたのなすべきことをしてください。わたしはそれに専念しますから……」

「もし始動しなかったら？」男の触手がどこまで届くのかわからず、不安げに質す。「何も機能しなかったら？」

「あなたは能力をお持ちだ、フェイバー夫人。アダマンタに意識を集中させて、知っている文句を唱えたらいい。それだけです」

選択肢はなかった。

震えながらアダマンタを両手で持つと、ペンダントにしている銀のリングから外した。アル

51

テミ・ドゥジョクはその間に携帯情報端末を取り出し、ホームページアドレスを入力している。直近の太陽の磁力の状態をアメリカ海洋大気局（ＮＯＡＡ）のウェブサイトで確認しなければならないという。わたしは――マーティンが気候学者だったため――そのウェブサイトに現時点での太陽の姿が映し出され、Ｘ線の放射測定値と、予想される北極圏のオーロラ地図、磁気嵐の情報、太陽フレアによるラジオの受信不能の可能性まで載っていることを知っていた。つい最近まで科学者たちは、地球の気候や地震活動への太陽の影響を見くびっていた。しかし年々、それに気づく者が増えている。ドゥジョクもおそらくそのうちのひとりなのだろう。

緑色に染まり、暗色の斑点がついた太陽の姿が映ると、アルメニア人はわたしにそれを示した。

「完璧です」と満足げに告げる。「大気圏に太陽風が吹きつけています、フェイバー夫人。儀式を執り行なうには申し分ない条件だ」

これからしようとしていることについては、なるだけ考えたくなかった。ハイテクノロジーと中世魔術のコンビネーションだと思うと、それだけでぞっとした。何が起こっているのか知らない方がいい。わたしは目の前にある石に集中した。アダマンタを指の腹で撫で、まぶたを閉じ、天へと掲げた。続いて頭の中からすべての不安、もしくは切迫感を消し去り、本に書いてあったディー博士の呼び出しの言葉を朗唱し始めた。

「Ol sonf vors g, gohó Iad Balt, lansh calz vonpho ……」

一度もやったことはなかった。指導者たちのいない所で唱えるのは許可されていなかったからだ。もしもの場合に備えて覚えておくようにと、シェイラに暗記させられていたといっても、わたしの恐れはつねに好奇心を上回っていた。少なくともその日までは。

神秘的な言葉が喉から流れ出ると同時に、世界が、サンタ・マリア教会が、墓石の床が、アルテミ・ドゥジョクの存在までもが視界から消えた。それは予想外のことだった。

やった。うまくいったのだ！

すると突然、すべてが暗転した。

遠くにいる誰かに、コントロールでもされているように。

下巻に続く

著者プロフィール

ハビエル・シエラ　Javier Sierra Albert

1971年、スペイン・テルエル生まれの作家・ジャーナリスト・研究家。

マドリード・コンプルテンセ大学でジャーナリズム、情報科学を専攻。長年、月刊誌『科学を超えて』の編集長を務め、現在は同誌の顧問をしている。1998年『青い衣の女』で小説家デビュー。2004年に出版された『最後の晩餐の暗号』が英訳され、2006年3月に『ニューヨーク・タイムズ』紙のベストセラー第6位になったことで国際的にも注目される。現在、最も多くの言語に翻訳されているスペイン人作家のひとりである。

［小説］

2004　La Cena Secreta『最後の晩餐の暗号』（邦訳：イースト・プレス 2015年）

2011　El Ángel Perdido『失われた天使』（邦訳：ナチュラルスピリット 2015年）

2008　La Dama Azul『青い衣の女』*（1998年に出版されたものを加筆し再刊）

2000　Las Puertas Templarias『テンプル騎士団の扉』*

2013　El Maestro del Prado『プラド美術館の師』*

2014　La Pirámide Inmortal『不滅のピラミッド』*（2002年出版の El Secreto Egipcio de Napoleón〔ナポレオンのエジプトの秘密〕を加筆・改題）

*印はナチュラルスピリットから刊行予定。

［ノンフィクション］

1995　Roswell：Secreto de Estado『ロズウェル事件：国家機密』

1997　La España Extraña『不思議の国スペイン』（ヘスス・カジェホとの共著）

2000　En Busca de la Edad de Oro『黄金時代を探し求めて』

2007　La Ruta Prohibida y Otros Enigmas de la Historia『禁じられたルートと歴史に埋もれた謎』

訳者プロフィール

八重樫克彦（やえがし・かつひこ）

1968年岩手県生まれ。ラテン音楽との出会いをきっかけに、長年、中南米・スペインで暮らす。現在は翻訳業に従事。

八重樫由貴子（やえがし・ゆきこ）

1967年奈良県生まれ。横浜国立大学教育学部卒。八重樫克彦との共訳で『明かされた秘密』（ナチュラルスピリット）、『パウロ・コエーリョ：巡礼者の告白』（新評論）、『チボの狂宴』、『悪い娘の悪戯』（作品社）など訳書多数。

失われた天使　上巻

●

2015 年 9 月 9 日　初版発行

著者／ハビエル・シエラ

訳者／八重樫克彦・八重樫由貴子

装幀／鈴木 衛（東京図鑑）

DTP ／山中 央

編集／山本貴緒

発行者／今井博央希

発行所／株式会社ナチュラルスピリット

〒107-0062 東京都港区南青山 5-1-10 南青山第一マンションズ 602

TEL 03-6450-5938　FAX 03-6450-5978

E-mail　info@naturalspirit.co.jp

ホームページ　http://www.naturalspirit.co.jp/

印刷所／中央精版印刷株式会社

ISBN978-4-86451-176-6　C0011

落丁・乱丁の場合はお取り替えいたします。

定価はカバーに表示してあります。

●新しい時代の意識をひらく、ナチュラルスピリットの本

イニシエーション

エリザベス・ハイチ 著
紫上はとる 訳

数千年の時を超えた約束、くり返し引かれあう魂。古代エジプトから続いていた驚くべき覚醒の旅！世界的ミリオンセラーとなった、真理探求の物語。
定価 本体二九八〇円＋税

アナスタシア
響きわたるシベリア杉 シリーズ1

ウラジーミル・メグレ 著
水木綾子 訳
岩砂晶子 監修

ロシアで百万部突破、20ヵ国で出版。多くの読者のライフスタイルを変えた世界的ベストセラー！
定価 本体一七〇〇円＋税

響きわたるシベリア杉
響きわたるシベリア杉 シリーズ2

ウラジーミル・メグレ 著
水木綾子 訳
岩砂晶子 監修

『アナスタシア』の第2巻！ シベリアの奥地に住む美女アナスタシアが、宇宙法則から創出したものとは。
定価 本体一七〇〇円＋税

愛の空間
響きわたるシベリア杉 シリーズ3

ウラジーミル・メグレ 著
水木綾子 訳
岩砂晶子 監修

ロシア発、自費出版から世界に広がった奇跡の大ベストセラー！ 『アナスタシア』の第3巻！ アナスタシアが実践する、愛の次元空間における真の子育てとは……？
定価 本体一七〇〇円＋税

サラとソロモン

エスター＆ジェリー・ヒックス 著
加藤三代子 訳

ある日少女サラは言葉を話す不思議なふくろうソロモンに出会い、幸せになるための法則を学んでゆく。
定価 本体一八〇〇円＋税

魂の法則

ヴィセント・ギリェム 著
小坂真理 訳

スペイン人のバレンシア大学病院のがん遺伝子の研究者の著者が、幽体離脱で出会ったイザヤと名乗る存在から教えられた「魂と生き方の真実」とは？
定価 本体一五〇〇円＋税

愛の法則―魂の法則Ⅱ

ヴィセント・ギリェム 著
小坂真理 訳

魂の真実を伝える大好評の『魂の法則』の続編。「魂の法則」の中で最も重要な「愛の法則」の法則について解説！霊的存在のイザヤが、著者の質問に懇切丁寧に回答！
定価 本体一二〇〇円＋税

お近くの書店、インターネット書店、および小社でお求めになれます。

●新しい時代の意識をひらく、ナチュラルスピリットの本

レヒーナ　上下

アントニオ・ベラスコ・ピーニャ 著
竹西知恵子 訳

メキシコとチベットを結ぶ数奇な運命に生まれ、人々を覚醒へと導いた、少女レヒーナの美しくも壮烈な物語。　定価［上巻 本体二一〇〇円／下巻 本体二三〇〇円］＋税

22を超えてゆけ

宇宙図書館（アカシック・レコード）をめぐる大冒険

辻 麻里子 著

ある数式の答を探るために、マヤは時空を超えた宇宙図書館に向けて旅立つ。意識のスターゲートを開く、話題の書。　定価 本体一五〇〇円＋税

6と7のかけはし

22を超えてゆけ・Ⅱ

辻 麻里子 著

6次元と7次元の間にある溝が、人類の行くてを阻んでいる――マヤは、難問を解いて人類の集合意識を解放し太陽の国へ行けるのか？　定価 本体一七〇〇円＋税

宇宙の羅針盤　上下

22を超えてゆけ・Ⅲ

辻 麻里子 著

不思議な数列の謎を探る冒険の旅を描いた『22を超えてゆけ』シリーズが、遂に完結！　定価［上巻 本体一七八〇円／下巻 本体二四〇〇円］＋税

すでに愛の中にある

個人のすべてを失ったとき、すべてが現れる

大和田菜穂 著

パリ在住の日本人女性が、ノン・デュアリティ（非二元）に目覚め、それをわかりやすく解説！「目覚め」と「解放」の違いとは？「夢の現実」と「ナチュラルな現実」とは？　定価 本体一四〇〇円＋税

あなたという習慣を断つ

脳科学が教える新しい自分になる方法

ジョー・ディスペンザ 著
東川恭子 訳

あなたであることの習慣を破り意識を完全に変えると、あなたの人生は変わります！最新の脳科学で人生を変える！ノウハウ満載、最新の瞑想法！4週間の実用的なプログラム！　定価 本体二二〇〇円＋税

とんでもなく全開になればすべてはうまくいく

トーシャ・シルバー 著
釘宮律子 訳

宇宙（神）を信頼して、とんでもなく全開に生きる生き方を、ユーモアいっぱいにショートエッセイとしてまとめた本。直感で開いたページに答えが見つかるかも。　定価 本体一六〇〇円＋税

お近くの書店、インターネット書店、および小社でお求めになれます。